마마 돈워리

청춘문고

목차

1장

2장

3장

4장

여는 글

머릿속에 '엄마'라는 단어를 오래 두지 못한다. 반짝거리는 옛 추억부터 건조했던 어제의 통화까지. 함께 지나온 긴 시간만큼 갖가지 감정이 뒤섞이다 결국 미안함이나 죄책감으로 끝맺는다. 그럼에도 불구하고 엄마를 떠올리며 글을 쓴다. 엄마가 영원하지 않음을 체감한 어느 순간부터 시작된 끄적임이다.

엄마는 남산타워 같았다. 늘 그 자리에 있어왔고 어디서든 볼 수 있는 존재. 그래서 막상 가까이 간 적도 몇 번 없다. 마음만 먹으면 언제든 쉽게 갈 수 있으리라. 그런 대책 없는 막연함으로 지금까지 살아왔다.

지금은 아니다. 늘어나는 주름과 흰머리를 볼 때마다, 가방 한편에서 돋보기 안경을 발견할 때마다,

TV에서만 보던 병명을 당신의 검진표에서 마주할 때마다 거대한 산이었던 엄마가 점차 허물어져감을 느낀다.

엄마는 평생 한 가지만 바랐다. 하나뿐인 자식이 당신과 닮지 않기를. 그리고 자신보다 더 나은 삶을 살기를. 완전한 실패다. 나는 엄마가 바라던 모습에서 매일 조금씩 멀어져갔다. 신기하게도 그 방향은 당신과 닮아가는 과정이었다. 어쩌면 나의 지난 시간은 당신의 기대를 저버린 역사일지도 모르겠다.

이 책은 그 역사의 메모이자 엄마가 남긴 단상의 조각들이다. 엄마와 아들의 이야기이자 나와 또 다른 나의 이야기다. 엄마를 위한 책이지만 엄마가 읽으면 안 되는 책이다.

1장

그린벨트

끈끈하게 이어진 사이에는 비밀이 자리할 틈이 없다. 서로를 너무 잘 알기에 표정이나 목소리만으로도 미묘한 변화를 알아차린다. 엄마와는 말할 것도 없다. 수화기 너머 '여보세요' 한마디만 들어도 그날의 컨디션을 바로 알아차린다. 20년을 함께 부대껴 살고 10여 년은 먼 발치에서 서로를 걱정해온 관계의 신묘함이다.

그렇게 속고 속일 수 없는 관계지만 서로 절대 침범하지 않는 영역이 있다. 모자 사이에 존재하는 그린벨트 구역이다. 들추고 싶지 않은 기억과 밝히고 싶지 않은 이야기는 암묵적인 합의 아래 입밖으로 꺼내지 않는다.

모든 걸 알고 있어도 그 모두를 이해할 순 없기에, 이해할 수 없지만 존중할 수는 있기에, 우리 둘 사이에 인위적인 빈 공간을 만들고 각자의 숨은 이야기를 채워넣는다. 기억하지 못할 거라 믿는 과거와 비밀이지만 비밀 아닌 이야기들이 엄마와 나 사이 그린벨트 구역에 그렇게 하나둘 쌓여간다.

스물셋

엄마는 스물셋에 나를 낳았다. 내일모레 서른셋이 되는 나지만 부모가 되는 건 여전히 상상조차 버거운 일. 복학해서 천지분간 못 하고 날뛰던 시기, 알코올로 가득 채운 밤을 낮에 게워내고, 또 한번의 철없는 밤을 보내던 나의 그 시절에 엄마는 엄마가 되었다.

당연히 모든 게 서툴렀다. 엄마도 엄마로 살아본 적이 없었으니까. 게다가 내가 경험한 스물셋은 숫자상의 어른일 뿐이다. 여전히 세상은 물음표로 가득하고 당신 역시 다듬어지지 않았을 나이다. 하지만 엄마는 그 스물셋에 엄마가 되었다.

대단하다고 추켜세우기보다 미안한 마음이 앞선다. 말과 행동 하나하나가 어느 아이에게 거대한 영향을 미친다는 건 스물셋의 그녀에겐 너무 가혹한 일이었다. 엄마는 그 두려움과 부담감을 손에 쥔 채 아침부터 밤까지 매일을 나와 마주해야 했다.

그래서인지 술 한잔이 들어가면 꼭 그 시절 이야기를 꺼낸다. 정답을 알 수 없어 힘들었다고. 당신이 가려는 방향과 으레 맞다고 하는 방향은 늘 충돌했다. 아들은 매번 제멋대로였고 엄마는 엄마로서 어디까지 개입하고, 또 언제 물러서야 하는지 도무지 알 수 없었다. 인생에 정답이란 없음을 당신도 알고 있었다. 다만 이 아이에게만큼은 정답만 알려주고 싶었다.

늘 그렇게 미안해한다. 좋은 엄마가 되어주지 못했다고. 그럴 때면 마음에서 터져버리는 감정을 수습하기 바빠 말이 예쁘게 나오지 않는다. "술 취했어? 생뚱맞게 실없는 소리를 하고 그래." 흘러넘쳐

축축하게 젖어버린 마음을 혹시 볼세라 급하게 그 날 밤의 시간 속으로 묻는다. 그러고는 다음 날 너무도 태연히 “어제 너무 많이 마셨나, 기억이 잘 안 나네” 식의 헛소리로 또 한번 대충 지나간다.

그런데 생각해보면 엄마도 매번 같은 식이다. 지난 밤에 쏟아버린 감정을 어찌할 바 모르고 얼버무리기 바쁘다. 엄마나 아들이나 늘 이런 식이다.

성장통

이해할 수 없지만 엄마는 늘 미안함을 짊어진 채 산다. 술 한잔을 들이켜고 당신 스스로 '엄마의 자격'을 이야기할 때마다 우리는 항상 그날 밤을 떠올린다. 1997년 9월의 어느 토요일, 마음속 깊이 뿌리내리고 있지만 절대 입에 올리지 않는 그날.

전교 1, 2등을 다투는 천상계는 아니지만 공부를 못하는 아이도 아니었다. 적당히 지기 싫어했고, 또 적당히 끈기가 있었기에 늘 적당한 등수에서 어슬렁거렸다. 엄마는 시집살이로도 충분히 벅찬 상황인지라 공부에 대해선 뭐라 하지 않았다. 그냥 내버려둬도 제 성질에 못 이겨 알아서 할 거란 묘한 믿음이었다.

그러다 딱 한 번 엄마의 욕심이 발동된 적이 있다. 무슨 이야기를 들은 건지 일주일 내내 보채더니 결국은 대형 학원의 영재반으로 나를 밀어넣었다. 그렇게 들어간 영재반은 사실상 과학고를 준비하는 반이었고, 뿌리부터 이과 감성인 아이들과 경쟁해야 했다. 철저히 문과형 인간이었던 나는 그들에게 아주 훌륭한 밑받침이자 땔감이었다.

탈수기 속에 들어간 듯 탈탈 털리는 하루의 연속. 「수학경시대회 기출 문제집」이라 적힌 책은 무슨 소린지 하나도 모르겠으나 매우 두꺼웠고, 나의 의지와 상관없이 매일 수십 장의 진도가 빠졌다. 말 한마디 통하지 않는 외국의 취조실에서 고문받는 듯한 날들이 계속됐다. 생각해보면 '에이, 안 할래, 안 되겠어' 한마디면 끝날 일이었는데. 그때 나는 차마 그 말을 하지 못했다.

학원비 봉투에 적힌 평소보다 많았던 0의 개수가

자꾸 눈에 밟혔다. 엄마가 보내는 기대와 믿음이 0이라는 숫자로 변해 주르륵 붙어 있었다. 어린 마음에 못 하겠다는 말로 그 믿음을 깨고 싶진 않았나 보다. 유별난 시집살이 중인 엄마에게 아들의 투정 어린 짐까지 얹고 싶지는 않았다.

열 살짜리 아이는 그렇게 무너져갔다. 낮에는 아이들에게 치이고 밤에는 혼자 끙끙대며 무너진 자존심의 조각들을 줍고 다녔다. 하염없이 끌려가기만 하는 줄다리기 게임이지만 차마 그 줄을 놓을 수 없었다. 결국 얼마 안 가 원형탈모가 왔다. 스트레스성 거식증으로 살이 빠지기 시작했다. 그럼에도 불구하고 집으로 돌아오면 늘 밝게 인사했다. 어른스럽지는 못해도 철은 일찍 든 편인 그 시절 나의 최선이었다.

하지만 그런 일상은 오래가지 못했다. 엄마가 그 모든 상황을 알아버린 날, 그녀가 그렸던 기대 어린 미래 하나가 무너졌다. 툴툴대면서도 영재반에 들어갔단 사실에 잠시 우쭐해한 나도 마찬가지였다. 엄마와 나는 그날 밤 서로를 부둥켜안고 한참을 울었다.

엄마에겐 잠깐의 욕심이 아이 마음에 화상 자국을 남긴 경험이었다. 열 살 꼬마 역시 내가 별거 아니라는 현실과 감당할 수 없는 무기력함을 처음 마주한 경험이었다. 그날 이후 엄마는 단 한 번도 공부에 대한 이야기를 하지 않았다. 그날의 일은 분명 각자의 삶에서 어느 분기점이 되었지만(예를 들면 내가 수포자가 되었다든가) 우리는 그날의 일을 결코 입에 올리지 않은 채 살아간다.

엄마가 나를 키워온 나이를 이제는 내가 직접 겪어 가고 있다. 그리고 지금 그때 그 밤을 다시 떠올려 보면 우린 결국 함께 커왔음을 깨닫는다. 지금의 나보다 고작 한 살 많았던 엄마도, 열 살 꼬마에 불과했던 나도. 우리 모두는 어리고 어리숙하고 현명하지 못했다. 우리는 그렇게 같이 성장했다.

담배

엄마는 담배를 피운다. 엄마가 다녀간 화장실에서 나는 진한 멘솔 향. 파우치 구석에 삐죽 튀어나온 네모난 윤곽. 사실 피우는 걸 직접 보기도 했다. 20년도 더 된 일이고 찰나의 순간이었지만 또렷이 기억한다.

엄마는 몰래 담배를 피운다. 내게 굳이 알릴 일은 아니지만, 또 굳이 보이지 않는 곳에서 피우는 걸 보면 당신이 생각하는 '좋은 엄마'와 담배는 어울리지 않는 조합인가 보다. 그렇기에 엄마와 담배의 관계를 묻거나 혹시 담배 피우냐고 들추지 않는다. 이건 엄마의 그린벨트 영역일 테니까.

안타까운 건 나는 담배 피우는 사람에게 어떤 거부감도 없단 사실이다. 누군가의 흡연 여부가 내겐 그리 중요하지 않다. 다시 말해 엄마가 담배를 피운다고 실망하거나 좌절할 마음이 전혀 없단 얘기다. 오히려 엄마만의 소소한 일상을 하나 더 발견함에 기쁜 마음일 것이다. 물론 이런 말을 엄마에게 하진 못한다. 행여나 그린벨트의 선을 넘는 일일까 걱정돼서다.

그래서인지 화장실에서 몰래 담배를 태우고 나오는 그녀를 볼 때마다 마음이 무겁다. 맞담배라는 최고의 사교 기회를 비흡연자인 나는 엄마와 나눌 수 없다. 그런 의미에서는 오히려 미안한 마음이다. 차라리 '담탐하고 올게'란 말을 내게 편히 할 수 있었으면, 이왕 피울 거라면 바깥공기 솔솔 쐬며 기분 좋게 폈음 좋으련만. 엄마의 흡연 생활을 응원하고 싶지만 그린벨트 지역의 일이기에 선불리 말을 꺼낼 수가 없다.

그래서 20년째 아주 우연한 기회를 기다리는 중이다. 담배 피우는 순간을 제대로 걸리는 날이 한 번쯤은 오지 않을까? 그럼 나는 '아, 뭐야, 담배 피웠어?'라고 뻔뻔하게 말하겠지. 서로를 어쩔 수 없는 상황에 가둬놓고 자연스레 그린벨트 제한을 푸는 것만이 답이다.

가끔 듀퐁의 카탈로그를 훑어본다. 몇 년 앞으로 다가온 엄마의 환갑 선물을 위해서다. 내가 선물한 듀퐁 라이터로 환갑 케이크에 불을 붙이는 모습을 상상한다. 새어나오는 웃음 위에 정말 그렇게 되었으면 하는 바람이 얹어진다. 그러니까 그 전에 꼭 나한테 자연스럽게 걸려주길. 나는 언제든지 상상도 못 한 정체라며 놀랄 준비가 되어 있다.

괜찮지 않아도 괜찮다 말하는 사이 1

내게 명절이란 특별함과 동시에 일상적이다. 무려 민족의 축제란 이름 아래 흩어진 가족들이 한데 모이는 빅 이벤트지만 생각해보면 명절 풍경은 늘 별반 다르지 않았다. 이례적이면서 뻔하다. 일상에서 가장 멀찍이 떨어져 있지만 왠지 모르게 익숙하다. 집으로 향할 때면 새로 개봉한 영화를 보러 가는 기분이다. 다만 누가 나오고 무슨 일이 벌어지고 어떤 대사들이 오갈지는 이미 머릿속에 생생히 그려진다.

밀양역에 도착하는 것으로 명절이란 이벤트가 시작된다. 반가워도 절대 내색 않는 아버지, 그 옆에서 온 힘을 다해 반가움을 표하는 엄마와 상봉한다. 첫날 저녁에는 늘 집에서 소고기를 굽는다. 어떻게든 잘 먹여야 한다는 엄마의 비장함이 담겨 있다. 회사, 결혼, 과거의 추억과 부모님이 부재할 먼 미래의 시간까지. 해마다 조금씩의 변주는 있지만 오가는 대화 역시 얼추 비슷하다. 식사가 대충 마무리되자 정해진 식순처럼 정리를 시작했다. 아침 일찍 차례를 지내려면 평소보다 이른 잠을 청해야 한다. 이번 명절도 그렇게 별다를 것 없이 흐르고 있었다.

"아야!"

부엌에서 새어나온 소리가 그 평범함에 균열을 냈다. 평소 아픈 티를 지독히도 안 내는 사람에게 부자는 동시에 시선을 돌렸다. 붉은 피가 손가락을 타고 흘렀다. 깊게 베인 상처였다. 각자 들고 있던 것들을 던지듯 내려놓고는 엄마에게 달려들었다. 아버지는 떨리는 손으로 약통을 뒤졌고 나는 피를 닦아내며 발만 동동 굴렀다. 처음 보는 아버지의 당황하는 모습과 엄마의 찌푸린 얼굴, 이미 그렁그렁해진 내 눈이 교차하는 밤이었다.

결국 응급실로 향했다. 피가 멈추지 않았다. 밀양에 딱 하나밖에 없는 야간 응급실을 가려 콜택시를 부르고 기다리고 이동하고 도착해서는 수납을 하고 또 한참을 기다려야 했다. 처음 경험하는 응급실은 응급하게 이용할 수 없는 곳이었다. 마음은 급한데 그 어떤 것도 우리의 속도에 맞춰주지 않았다. 결국 집을 나선 지 한 시간이 되어서야 치료를 시작했다. 다행히 신경이 손상되거나 하는 큰 문제는 아니었다. 공포 특집 같았던 명절의 밤은 네 바늘을 꿰매는 것으로 일단락되었다.

지독히도 무기력한 밤이었다. 아픈 사람 앞에서 아무것도 할 수 없음에 참담함만이 남았다. 너무 놀란 탓인지 그 와중에 속이 뒤집어졌다. 틈만 나면 화장실로 달려가 몇 번이고 속을 게워냈다.
변기를 붙잡고 있는 스스로에 황당함과 모멸감이 들끓었다. 찔끔 나와버린 눈물과 울컥한 마음을 쓸어내리고 아무렇지 않은 얼굴로 아무렇지 않은 척해야 했다. 마침 엄마가 치료를 끝내고 나오는 차였다. 나는 손가락에 두껍게 감은 붕대로, 엄마는 허옇게 질려버린 내 얼굴로 시선이 교차했다.

괜찮냐는 물음에 엄마는 괜찮으니 걱정 말란 대답만 반복했다. 오히려 다 토해서 어쩌냐는 안타까움과 출출하면 뭐라도 사 가자는 이상한 말들을 해댔다. 지금 누가 누굴 걱정하는 건가 싶어 되레 화가 났다. 방금 전까지 피를 한바가지 쏟아놓고선 대체 무슨 소릴 하는 건지. 집에 돌아와 침대에 누웠지만 잠들지 못했다. 아찔했던 지난 시간을 복기하자

별의별 생각이 머릿속을 채웠다. 엄마에 대한 막연한 걱정을 이어갔고 그 와중에 나를 살피던 엄마를 어이없어했다.

엄마와 나 사이를 잇는 감정 하나를 떠올렸다. 우리는 걱정으로 칭칭 감겨 있는 관계다. 때로는 사랑보다 더 큰 감정으로 자리하는 기분이다. 30년 넘는 시간 동안 가족이란 이름이 무색할 만큼 각자의 선을 지키며 살아왔다. 조언과 당부는 있을지언정 선을 넘는 관여나 강요는 없었다. 때로는 외로웠지만 대부분은 고마웠다. 다름에 대한 인정이자 서로를 향한 신뢰였다.

다만 상호 방임의 전제는 애정이었기에 늘 걱정이란 부산물을 남겼다. 수능날 교문 앞에서 기도하는 학부모들을 볼 때마다 엄마를 떠올린다. 엄마는 결코 교문을 열어젖혀 시험을 대신 치러주거나 소리치며 정답을 일러주지 않았다. 그저 자신이 닿을 수 있는 최선의 거리에서 묵묵히 기도하고 걱정할 뿐이었다. 더불어 그건 엄마를 향한 내 태도이기도 하다. 우리는 그렇게 서로를 인지할 수 있는 거리에 멀찍이 서서 발만 동동 구른다.

"괜찮아."

엄마에게 가장 많이 하는 말이다. 연락이 없으면 걱정하고 연락을 하면 혹시 무슨 일 생겼나 걱정하는 이 사람에게 가장 확실한 안정제이자 마법의 문장이다. 물론 괜찮지 않은 날이 더 많다. 하지만 결코 말하지 않는다. 숨긴다기보단 엄마라는 소중한 존재에 대한 배려에 가깝다. 내게는 잠깐의 토로일 뿐이지만 이 사람에게는 그 즉시 잠 못 드는 이유로 자리할 것을 알고 있다.

엄마가 연이어 반복한 괜찮다는 말이 아프게 다가왔다. 그동안 수백 번 뱉어온 괜찮다는 말을 엄마는 이런 마음으로 마주했구나. 순식간에 벌어진 하룻밤의 일들이 마치 잘 짜인 복수극 같다. 너무도 명백히 괜찮지 않은 상황에서 괜찮다 말하며 듣는 이의 마음을 더 아리게 한다. 그날 밤의 엄마는 정말 어이없고 또 나빴다. 그리고 지난 세월의 나 역시도 참 별로인 아들이었음을 이렇게 또 한번 상기한다. 그렇게 각자 불면의 밤을 이어간다. 또렷이 남겠지만 말하기엔 민망한 또 한번의 밤을 매듭짓는다.

괜찮지 않아도 괜찮다 말하는 사이 2

새끼손가락이 부러졌다. 매일 골골대긴 해도 크게 아픈 적은 없었는데 이번에는 무려 골절이다. 다행히 크게 부러진 건 아니어서 깁스까진 필요 없었다. 대신 손가락을 고정하는 보조기를 찼다. 딱히 불편하진 않지만 물을 마실 때, 펜을 쥐거나 머리를 감을 때 새끼손가락만 쭉 뻗은 모습이 몰락한 귀족 같은 느낌을 자아낸다. 엄마에게는 당연히 말하지 않았다. 아무리 별거 아니라 말해도 별거라 생각하는 엄마다. 이럴 땐 엄마와 따로 사는 게 천만다행이다.

엄마는 한 달에 한 번씩 서울에 온다. 아들을 만나거나 친구들과 놀며 지친 마음을 잠시나마 내려놓는다. 월차처럼 주어지는 짧은 휴가랄까. 한 달에 한 번 엄마를 보는 건 언제나 반가운 일이다. 하지만 극도로 예민해지는 일이기도 하다. 엄마의 심기를 건드릴 만한 어떤 일도 만들면 안 되기 때문이다. 쉬러 온 사람에게 괜히 아픈 모습을 보여주고 싶지 않다. 당신에게는 늘 건강하고 하고 싶은 일 다 하며 사는 그런 아들로만 보이고 싶다. 나까지 걱정을 더하고 싶지 않다.

하지만 문제가 생겼다. 부러진 손가락은 아무리 애를 써도 엄마의 방문 전까지 고칠 수가 없다. 결국 보조기를 빼서 숨기기로 했다. 보조기 생활을 한 달 정도 했더니 그새 손가락을 움직이는 게 영 어색하다. 아무리 그래도 절대 들키면 안 된다. 엄마가 오기 3일 전부터 집에서는 보조기를 뺀 채 생활했다. 자연스러운 연기를 위함이다.

드디어 디데이. 퇴근하고 돌아오면 엄마가 집에 와 있을 것이다. '제발 들키지 말자.' 출근을 위해 문을 나서기 전 거울 앞에서 전의를 다졌다. 그렇게 당당하게 출근길에 나섰다. 보조기를 세면대에 떡하니 올려두고. 가끔씩 나의 멍청함에 놀랄 때가 있는데 오늘이 바로 그날이었다.

“이게 뭐니?” 집에 오자 청문회가 시작됐다. 액세서리라고 하기엔 너무나 의료적으로 설계된 디자인. 빼박인 상황에서 할 수 있는 건 사실 여차저차 한데 금방 낫는 거니 걱정 말라 둘러대는 일뿐이다. 한 달이 지나도록 왜 얘기도 안 했냐는 말에 “걱정할 게 뻔한데 뭐 하러?”라고 했다가 어김없이 등짝을 맞았다. 그렇게 한바탕을 치르고 옷을 갈아입으려는데 옷방에 놓인 엄마 가방에 삐죽 튀어나온 흰 종이가 보인다.

병원 진단서다. ‘2주 후 재검’이란 글자가 떡하니 적혀 있다. 하.하.하. 엄마를 불러 반대 방향의 청문회를 시작했다. 엄마는 위에 문제가 생겼다. 다행히 조기에 발견해서 최악의 결과는 피했지만 꾸준한 관리가 필요한 상황. 사실 오늘 서울에 온 것도 동창회가 아니라 병원 검진 때문이었다. 왜 얘기 안 했냐 물었더니 걱정시키기 싫었단다. 물론 나는 엄마의 등짝을 때리진 않았다. 둘 다 어이가 없어서 웃었다. 이런 거까지 닮을 필요는 없는데.

사실 우리는 지금까지 늘 이래왔다. 30년 넘게 이어온 이 관계에서는 도무지 이해할 수 없다는 한숨보단 어쩌면 그런 것까지 똑같냐며 쓴웃음 짓는 순간이 더 많았다. 그리고 그런 웃음으로 서로를 향한 미안함과 연민을 적당히 뭉개놓는다. 결국 서로가 서로를 정상참작으로 풀어주기로 했다.
다음 날 저녁상에는 뼈를 빨리 붙게 해준다는 사골곰탕이 끓고 있었다.

질투

'사촌이 땅을 사면 배가 아프다.' 요즘 내가 사는 세상을 대표하는 문장이다. 귀엽게 표현하면 질투지만 솔직히 그보단 더 악의적인 마음들을 엿본다. 쉽게 말해 남 잘되는 꼴을 못 보는 심보다.
하지만 나 역시 부끄러운 역사가 있다. 어린 시절의 대표적인 흑역사이자 엄마에게 대못을 때려박은 역사이기도 하다. 그동안 엄마에게 박아온 수많은 못 중에서도 유독 뾰족하게 솟아 있는 녹슨 역사다.

고모네는 잘살았다. 고모부가 부산에서 꽤 유명한 정신과 의사였다. 꼬마지만 직업과 부의 연결고리를 느슨하게는 알고 있었기에 당연히 우리 집보다 잘살 거란 생각은 하고 살았다. 그러던 어느 날이었다. 고모는 새로 이사할 집을 구경시켜준다며 아파트의 모델하우스로 나를 데려갔다. 그리고 그건 인생에서 처음 부의 격차를 피부로 마주한 순간이었다.

사촌이 집을 사서 배가 아픈 날이었다. 그 집은 너무도 멋지고 화려해서 지금 내가 딛고 있는 환경들을 떠올리게 했다. 20평도 채 안 되는 낡은 빌라, 매번 학교에서 쓰라고 할 때마다 망설였던 부모님 직업란, 하필 그날 입은 유독 해지고 낡은 스웨터까지. 열 살도 채 되지 않은 아이가 무던히 넘기기에는 너무 큰 박탈감이었다.

그 불똥은 어리석게도 엄마에게 튀었다. 집으로 가는 내내 그리고 집에 도착해서도 온갖 심술을 부렸다. 왜 우리 집은 가난한지, 왜 엄마 아빠는 번듯한 직업을 갖지도 못하고, 집 안팎에서 누군가에게 휘둘리며 살기만 하는지. 타임머신이 있다면 돌아가서 뺨을 한대 치고 싶은 한심함이었다.

그날 저녁 식탁은 이상하리만치 내가 좋아하는 반

찬으로 가득했지만 평소처럼 밝은 분위기는 아니었다. 먹는 둥 마는 둥 하는 나를 바라보던 그때 엄마의 표정은 20년이 지난 지금도 또렷하다. 얼굴에 가득 묻어 있는 미안함과 약간의 무기력함 그리고 어찌할 수 없는 답답함. 엄마 마음에 박은 대못이었다.

스스로 나쁜 아들이라 확신한다. 사고를 많이 친 편은 아니지만 무심함을 무기로 일상에서 꾸준히 불효에 매진해왔다. 권투의 잽이 하나하나는 강력하지 않아도 점점 데미지가 누적되어 결국 상대를 쓰러뜨리듯이, 30년 넘는 시간 동안 꾸준히 그리고 성실하게 불효자의 도리를 다해왔다. 그날은 그중에서도 선명히 남은 불효의 펀치였다. 낯부끄러운 사건이고 평생 안고 가야 할 미안함이자 약속할 정도로 또렷한 기억이다.

그날을 계기로 질투라는 감정을 죄악처럼 여기며 살아왔다. 누군가 나의 질투 없는 모습을 보고 쿨하다고 하지만 사실 애시당초 쿨과는 거리가 먼 사람이다. 스스로를 벌한 거다. 한심한 과거가 어느 감정 하나를 도려냈고 나는 그 벌을 지금도 달게 받는 중이다.

2장

외아들

엄마는 혼자인 아들이 늘 불안하다. 엄마의 삶이 탄생보단 소멸에 익숙한 시기에 접어들며 그런 불안도 깊어졌다. 방문이 잦아진 상갓집에서 어떤 이의 죽음과 마주할 때마다 엄마는 자꾸만 나를 떠올린다.

'아들 혼자서 이 모든 걸 감당할 수 있을까?'

본인의 죽음보다 죽음 후에 남겨진 나를 더 걱정하는 아이러니다. 그래서인지 엄마는 장례식에 다녀올 때마다 전화를 건다. 친구들은 잘 만나냐. 인간 관계 잘 쌓아놔라. 너 무슨 일 있을 때 다 그런 게 도움이 된다.

엄마에게 미안하지만 애석하게도 나의 사교성은 낙제에 가깝다. 나는 당신에게 사람을 향한 따뜻한 눈을 물려받았지만, 또한 당신을 닮아 사람에게 여전히 서툴다.

홈바디

소파에 파묻혀 보는 넷플릭스, 스탠드 불빛 아래 글쓰기, 침대에서 책 읽다 잠드는 순간, 이불 뒤집어쓰고 하는 인스타그램, 겨울에 창문 열고 하는 대청소와 뜨거운 물 샤워.

좋아하는 순간들을 나열해보니 놀랍게도 모두 집에서 벌어지는 일이다. 집에 있을 때 가장 행복한 게 단순히 기분 탓은 아니었다. 스트레스로 가득할 땐 떠나기보다 집에 틀어박혀야 해결된다. 집에 발을 디디면 그제야 일상이 균형을 잡고 삶의 리듬이 평온해진다.

이쯤 되니 군말 없이 인정할 수밖에 없다. 나는 홈바디Homebody다. 같은 뜻으로 집돌이란 향토적 단어도 있지만 홈바디는 뭐랄까, 조금 더 문학적인 향기와 어리숙한 정서를 머금고 있달까. 처음 만나는 누군가에게 내 소개를 할 때면 언제부턴가 머릿속 국어 사전에서 가장 먼저 꺼내는 단어가 됐다.

대부분의 홈바디가 그렇듯 나 역시 인간 관계에 서툴다. 인간 관계에 서툴러 홈바디가 된 건지, 집에만 있다 보니 서툴러진 건지, 어질러진 인간 관계의 인과관계는 여전히 미궁 속이다. 폐쇄적으로 살아오진 않았다. 다만 사람과 맞닿을 때 흐르는 감정에 조금 더 예민한 편이다.

감정을 느끼는 피부가 존재한다면 나는 너무 얇고 허약한 피부를 가졌다. 뜨거운 감정 앞에 불에 타는 듯한 고통을 느끼고 무관심과 마주하면 살이 아리는 아픔에 몸부림쳤다. 누군가로 인해 일상이 무너지고 그 잔해 속에 파묻히는 경험을 반복했다. 자연스레 삶에서 차지하는 인간 관계의 비중이 점점 줄어갔다.

홈바디는 마음에도 집을 짓고 그 안에서 세상을 바라본다. 외향적인 사람이 드넓은 광장에서 언제든 누군가와 만날 준비를 하고 있다면, 나 같은 사람은 마음의 집에 틀어박혀 작은 창문으로 힐끔힐끔 내다볼 뿐이다. 행여나 누군가 호기심으로 노크를 해 온다면 문 앞에서 전전긍긍하기 일쑤다. 기다리다 지쳐서든 흥미를 잃어서든 결국 머지않아 대부분이 떠나간다.

마음의 벽, 보이지 않는 선, 타인에게 상처받지 않으려는 방어기제, 무슨 생각을 하는지 알 수 없는 사람, 맥주는 같이 마셔도 소주는 같이 안 마셔줄 것 같은 사람.

떠나간 자리에는 나를 향한 온갖 표현이 남았다. 나는 억울해하지도 한탄하지도 않은 채 그 말을 이불 속에서 되뇌고 또 되뇌었다.

삶이 외롭냐고 묻는다면 외롭다고 답한다. 하지만 외로운 게 너무 익숙하고 당연해서 괜찮다고 덧붙인다. 내 삶이 영화 〈그래비티〉에서 조지 클루니의 결말처럼 나아가고 있다는 생각을 한다. 마음속에 지은 집에서 홀로 나만의 우주를 유영한다. 내가 설치한 감정의 과속방지턱을 피해 당신이 무사히 이곳까지 와주길 바라며.

여름 같은 사람

완연한 여름이다. 내가 아는 그 여름이 또 이렇게 와버렸다. 매년 만나는 여름이지만 오늘처럼 계절의 실체와 처음 마주하는 날은 늘 당황스럽다. 빨리 왔으면 하는 기다림 대신 조금이라도 늦게 오길 바란 마음 때문일까. 개학을 하루 앞두고 모든 현실을 부정하던 초등학생 ㅅㅁㅅ이 떠올랐다.

여름을 좋아하지 않는다. 아니 '좋아하지 않는다'보다 '싫다'에 가깝겠다. 낙관과 비관이란 시소에서 늘 무게중심이 후자로 쏠리는 내겐 여름의 생기가 부담스럽다. 땀과 더위는 가뜩이나 골골대는 나의 에너지를 앗아가고 여름만 되면 활개치는 벌레들은 매일 밤 나를 식겁의 세계로 안내한다.

하지만 아이러니하게도 유독 여름에 좋은 일이 많았다. 우연이겠지만 많은 연애가 여름에 시작됐다.

생각해보면 지금 회사도 여름 인턴이 계기가 되어 다니고 있다. 몇 안 되는 엄마, 아버지와의 추억도 매미 소리 가득했던 여름날이 대부분이다. 만약 여름이 사람이라면 뭐라고 했을지도 모르겠다. '야! 내가 이렇게 잘해줬는데!' 하지만 어쩔 수 없다. 싫은 건 싫은 거다.

여름 같은 사람이 있다. 나한테 딱히 해코지한 건 없지만 그 사람의 말이, 행동이, 갖고 있는 생각이 알레르기처럼 거부 반응을 일으킨다. 비극은 그 사람이 내게 호감을 갖거나 자꾸만 호의를 베풀 때 벌어진다. 별 볼일 없는 나를 좋게 봐주는 데는 진심으로 감사하지만 그보다 더 큰 싫음의 정서가 앞서는 건 어쩔 수 없다. 내색하지 않으려 해도 나도 모르게 새어나가는 그 정서가 상대방에게 상처를 남긴다. 그때마다 자책한다. 나는 왜 더 좋은 사람이 되지 못하는지. 좋아하는 것만큼 무언가를 싫어하는 일도 쉽지 않다.

감정의 엇박자는 나를 관계의 피고로 만든다. 여름 같은 사람들은 나를 향해 서운함을 내비치고 나는 스스로를 향해 어른답지 못하다며 손가락질한다. 없는 감정을 끌어모아 적당히 좋은 말로 넘길 줄 아는 게 어른이라면, 나는 아직 어른이 되려면 한참 멀었다. 지금은 둥글둥글하지 못한 자신을 인정하는, 딱 그 정도만큼의 어른으로 머물러 있다.

여름 같은 사람들에게 준 상처는 대부분 다시 내게로 돌아온다. 오해를 낳고 오해는 편견으로 전이되고 편견들이 쌓여 누군가에게 형편없는 사람으로 자리한다. 하지만 억울하지 않다. 어른다움을 강요하는 사회에서 그러길 거부하는 자의 숙명이자 꼬박꼬박 내야 하는 세금으로 여긴다.

여름에 애정을 붙여보면 조금이나마 어른이 되지 않을까 싶었다. 원수를 사랑하는 마음으로 그나마 나를 웃게 했던 여름의 기억들을 적어나갔다. 여름에 파는 미니스톱 아이스크림, 밀탑에서 먹는 팥빙수, 루프톱에서 마시는 맥주, 달리고 나서 마주하는 선선한 바람.

'생각보다 많은데?' 한두 개에서 멈출 줄 알았던 리스트가 꼬리에 꼬리를 물고 이어진다. 그래, 맞다. 여름도 잘 살펴보면 좋은 구석이 많을 것이다. 벌써 조금은 어른이 된 느낌이다. 그 느낌 그대로 살려 여름의 생기를 느끼기 위해 밖으로 나왔다.

마침 그날은 최고 39도까지 올라간 기록적인 더위

였고 나는 역사의 현장 한복판에 서 있었다. 한 발자국당 땀이 10리터씩 쏟아지는 기분. 몇 발 안 가 바로 생각을 고쳐먹고 집으로 돌아왔다. 십팔십팔 하는 나의 마음을 담아 에어컨 온도를 18도로 맞추고는 드러눕는다.

'어른은 무슨, 그냥 버티자. 이번 여름도, 여름 같은 사람들도.'

게으른 모순

토요일이다. 전쟁 같은 하루하루를 지나 주말이란 휴전 기간에 들어섰다. 주말의 시작이 싱그럽고 활기찰 거라 생각한다면 경기도 오산. 삶에 굴복한 패잔병처럼 그저 침대에 누워 있을 뿐이다. 오늘도 마찬가지. 눈은 진즉에 떴지만 세 시간째 꼼짝 않고 누워 인스타만 하고 있다. 피드는 각자 보낸 불금의 흔적들로 가득하다. 다들 참 행복하게 산다. 원래 인스타 세상에 불행 따위는 없다며 위안 삼으려 해도 몇 주 째 나의 금요일은 볼품없이 루틴하고 심심했다.

괜시리 우울해져 아무것도 하기 싫어졌다. 예전이라면 쫓기듯 약속을 잡고 어디로든 나갔겠지만 지금은 아니다. 쉬고 싶다는 머리에 억지로 무언가를 채워넣기도, 마음이 아니라 시간이 맞아 누군가를 만나는 일도 지겹다. 오늘 하루만큼은 누구의 눈치도 보지 않고 내 공간 내 세계에서 마음껏 뒹굴기로 한다. 천장을 이불 삼아 눈을 감았다 불현듯 떠오른 생각에 다시 뜨길 반복한다.
결국 하루 종일 밖에 나가지 않았다. 기다리고 기다리던 주말의 하루가 그렇게 증발하고 있다.

휴대폰을 열어 카톡을 확인한다. 적당히 둘러대며 미루고 취소한 약속의 흔적들, 조용해진 단톡방, 몇 개의 스팸 카톡이 늘어져 있다. 오늘 하루 세상과 단절된 건 나의 선택이었는데도 밀려오는 소외감에 몸부림친다. 혼자 보내는 주말을 원했지만 혼자 있는 내 모습에 한심함과 환멸을 느낀다. 토요일 밤을 가득 채운 건 온통 그런 모순뿐이다. 게으른 애정 결핍이자 성의 없는 외로움이다. 결국 남은 건 나조차도 이해할 수 없는 단 하나의 생각뿐.

혼자 있고 싶지만 간절하게 같이 있고 싶다.

이상형

이상형이 외모에서 취향의 영역으로 넘어가는 순간. 모두가 한 번쯤은 미련을 두고 고민하다 결국 선택하게 되는 순간. 이 선택이 앞으로 내 연애의 진입장벽을 낮출 거라 착각하는 순간. 애석하게도 그 순간부터 연애는 세상에서 가장 어려운 일이 된다.

의외로 예쁘고 잘생긴 사람은 많다. 하지만 생각과 취향의 결이 맞는 사람은 놀랍도록 없다. 흐르는 시간 속에 취향의 잔가지가 많아질수록, 나를 이루는 세계가 더 다양한 색으로 칠해질수록 이상형을 만날 확률도 기하급수적으로 추락한다.

누군가를 만난다는 건 이렇게나 어려운 일이다. 그러니 솔로라 하여 움츠리지 말자. 당당하게 어깨를 펴자. 흐느낌에 들썩이는 동지들의 어깨는 잠시 눈감아주자.

문제는 따로 있다. 이상형이 더 이상 이성만을 향한 단어가 아니라는 점이다. 갑자기 커밍아웃을 하겠다는 이야기는 아니다. 이상형의 모습을 그려보면 친해지고 싶은 사람, 가까이 두고 싶은 이들의 특징과 별반 다르지 않다. 결국 이상형의 조건들이 어렵고 난해해질수록 연애는 물론이고 사람 만나는 일 자체가 어려워진다.

갈수록 사람 만나는 기회가 줄어든다. 누군가를 만나도 마음까지 나누는 건 점점 어려워진다. 기적처럼 그런 사람이 내 눈앞에 나타났다고 해도 이번엔 나의 절망적인 사교성이 또 하나의 장벽이 되어 가로막는다. 행복회로를 풀가동해서 어찌저찌 울타리 안으로 그 사람을 들였다 치자. 하지만 나의 어설픈 호의와 서툰 관심이 결국 그를 울타리 밖으로 몰아세울 게 뻔하다. 이상형이 말 그대로 이상 세계에만 존재하는 그런 존재가 되어간다.

공허

마음속 오래된 구멍이 있다. 친구를 만나 실없이 웃고 떠들어도, 연애를 하며 내일이 없을 것처럼 사랑을 나눠도 그 구멍은 쉽게 메워지지 않았다. 세상에 늘 홀로 남겨진 기분. 외로움은 누군가 잠시나마 채워줬지만 공허함이란 구멍까지 메워주진 못했다. 비슷한 누군가를 만나 위로받는 것만이 답이라 생각했다. 하지만 그 여정의 끝에는 늘 실망만이 기다리고 있다. 결국 인정할 수밖에 없다. 나 같은 사람은 없다. 나만 있을 뿐. 평생을 안고 살아야 할 숙명이다.

장례식

Day 1.

이상하리만치 일찍 눈을 떴다. 며칠째 맞추지 못한 시차에 몸은 피곤하다 못해 녹아버릴 지경이었다. 다만 간밤의 꿈이 저절로 감기는 눈을 자꾸만 뜨게 했다. 대부분의 꿈이 그렇듯 정확히 기억은 나지 않았다. 하지만 그날만은 유독 끈적한 점성의 감정들이 잔여물로 남았다. 결국 잠들기를 포기하고 팔을 뻗어 머리 근처를 뒤적였다. 휴대폰을 여니 시카고의 밤을 서울 한낮의 이야기들이 가득 채우고 있다. 빨간 숫자들로 가득한 카톡방을 스르륵 내리다 손가락을 멈춰세웠다.

가족방에 쌓여 있는 새 메시지 29개. 평소 가족 카톡방의 온도를 생각하면 너무 낯선 숫자였다. 찰나지만 미칠 듯한 불안감이 찾아왔다. 그리고 불안은

현실이 되어 침대에 걸터앉은 나를 덮쳤다.

'할아버지 임종하셨다.'

잠시 멍해졌다 한가득 쌓인 카톡들을 다시 읽어나갔다. 나를 다급히 부르고 찾는 28개의 카톡이 차곡차곡 역순으로 나열됐다. '죄송해요. 지금 확인했어요. 바로 다시 연락드릴게요.' 슬퍼할 틈이 없었다. 마치 미리 예견했다는 듯 다음 단계로 생각을 이어갔다.

시간 계산을 해야 했다. 지금 시카고는 새벽 4시를 갓 넘긴 상황. 그럼 서울은 오후 7시. 할아버지가 돌아가신 지 여섯 시간이 지났고 엄마 성격이라면 미리 고민하고 준비했던 장례 절차를 차근차근 밟고 있을 거다. 오늘 비행기를 타고 넘어가면 장례

둘째 날 늦은 밤에 부산 도착. 장례 마지막 날 탈상할 때는 자리를 지킬 수 있다.

계산이 끝나자 항공사에 전화해 귀국 일정을 조정했다. 정말 다행히도 시카고에서 인천으로 향하는 비행기가 있었다. 곧바로 예약을 변경하고는 다시 가족 카톡방으로. 귀국 일정을 공유하니 그 순간부터는 내가 할 수 있는 게 없었다. 해야 하는 일들 사이 빈 시간만이 덩그러니 놓여 있을 뿐.
그제야 주저앉아 한참을 울었다.

Day 2.

할아버지의 죽음은 갑작스러움보단 '결국' 혹은 '끝내'에 가까웠다. 할아버지는 이미 몇 년 전부터 생사의 선을 오르내리셨고 최근 들어 그 고비의 순간들이 잦아졌다. 그를 마지막으로 뵌 건 불과 한 달 전이었다. 이미 쇠약해질 대로 쇠약해진 모습으로 내 손을 꼭 잡던 할아버지. 잠시나마 또렷이 응시하던 할아버지의 눈빛이 그와의 마지막 추억이 되었다. 죽음은 나를 포함한 모두에게 예외 없이 벌어지는 일이다. 그럼에도 불구하고 가장 먼 거리에 둔 채 절대 없을 일쯤으로 여기며 살아간다.
할아버지의 죽음은 그런 어리석음을 산산이 깨버린 첫 경험이었다.

할아버지는 시대가 만든 비극이었다. 일제강점기에 태어나 광복을 맞고, 다시 전쟁통 속에 어린 시절을 보낸 사람. 모두가 찢어지게 가난하던 시절에 결혼하고, 유신 독재 시절에 가장의 짐을 짊어지고, 88올림픽이 열리는 해 처음이자 마지막 손자를 얻은 사람. 듣고 있으면 민망할 정도로 극단적인 정치관과 돈에 대한 집착, 요즘 세상에 알려지면 깜짝 놀랄 만한 가부장적인 사고로 살아온 사람. 잡초 하나 나지 않은 황무지 같은 삶이었고 많은 이에게 서슬퍼런 벽이자 산이었던 사람. 하지만 손자에게만큼은 마음을 열고 사랑을 베푼 사람. 그랬던 할아버지의 삶에 마침표가 찍혔다.

할아버지의 말년은 쓸쓸했다. 무리의 왕이었던 사자가 점차 힘을 잃고 결국 쓸쓸히 쫓겨나듯, 할아버지 주변에는 애정 없는 차가운 시선이 가득했고, 몇몇이 지키는 도리와 의무만이 그의 여생을 삐걱거리며 작동시켰다. 그런 할아버지의 마지막을 가장 살뜰히 챙긴 건 놀랍게도 엄마였다. 엄마는 할아버지의 마지막을 추스르는 일이 이 집으로 시집와 하는 최후의 미션이라 생각했다.
엄마가 엄마로서 혼자 정의하고 홀로 받아들인 초

인적인 책임감이었다. 할아버지는 쇠약한 말년이 되어서야 며느리에게 고마움을 표했다. 그리고 손자에 이어 두 번째로 마음의 문을 열었다.
큰 어른이 몸져누우면서 바람 잘 날 없는 집이었지만 그 속에서 할아버지와 엄마라는 묘한 연대는 단단해졌다. 그리고 그 연대는 삶의 끝까지 이어졌다. 할아버지는 한참을 혼수상태로 생사를 넘나들다 밤늦게 홀로 간병하는 엄마의 손을 붙잡은 채 마지막 숨을 내뱉었다.

임종 소식을 듣고 나를 덮친 건 할아버지의 상실과 엄마에 대한 미안함이었다. 엄마가 또 한번 그 몹쓸 책임감에 본인이 감당하기 힘든 일들을 헤쳐나가고 있을 게 분명했다. 내 인생의 시작을 열었던 엄마가 오늘은 할아버지 삶의 끝을 닫았다. 그런 엄마를 떠올릴 때마다 너무 존경스럽고 미안하고 이해할 수 없다. 내가 할 수 있는 일이라곤 1분 1초라도 빨리 돌아가서 그 짐을 나눠 드는 것뿐. 머리를 붙잡고 엎드려 있는 동안 기내 방송이 흘러나왔다.

'비행기가 곧 인천공항에 착륙합니다.'

Day 3.

시계는 밤 11시 59분까지의 일과를 마치고 또 한 번의 새로운 여정을 시작했다. 하지만 나의 여정은 시카고에서 인천, 다시 인천에서 김포로, 김포에서 김해로, 김해공항에서 부산 시내까지 끝없이 계속되었다. 꼬박 하루하고도 절반이 지나 도착한 장례식장. 장례식장 특유의 차가운 공기가 부슬부슬 내리는 비와 만나 세상 모든 게 소멸할 것 같은 분위기였다. 그 생기 없는 분위기 속에서 캐리어의 드르륵거리는 소리는 유독 더 시끄러웠고 안 그래도 복잡한 감정을 뒤흔들었다. 마중나온 엄마와 마주치자마자 약속이라도 한 것처럼 서로 끌어안았다.

"고생 많았어."
"아니야, 오느라 너무 고생 많았어."

두 번째 밤이 저물어가는 상갓집은 이미 한산했다. 할아버지 특유의 맹한 표정은 이제 흰 꽃으로 장식된 액자 속 사진으로만 존재했다. 옷을 갖춰입고 절을 드리는데 순간 오만가지 생각이 스쳤다. 할아버지에게 드리는 마지막 인사라니. 아니, 할아버지는 다른 세계로 가셨으니까 이게 첫인사려나. 그 와중에 이런 생각이 들 만큼 장례식이란 상황은 너무 초현실적이었고 아직 받아들이기 어려운 일이었다. 혼란스러운 만큼 하고 싶은 얘기도 많았다. 두 번째 절을 드리는 내 몸은 꽤 오랜 시간 그 자리에 그대로 엎드려 있었고 나는 한참을 중얼거렸다.

"할아버지, 저 왔어요. 마지막 순간에 엄마가 옆에 있었다면서요. 할아버지가 세상에서 두 번째로 사랑하는 사람 곁에서 가셨으니까, 그리고 가장 사랑했던 사람이 내일 직접 사진 들고 마지막 길 배웅해드릴 거니까, 할아버지도 꽤나 복 받은 분이네요. 편히 쉬세요, 할아버지. 저는 지금까지 그래왔듯 어찌저찌 잘 살아볼게요."

엄마는 절을 하고 일어서는 나를 보며 안도했고 동시에 걱정의 눈빛을 남겼다. 말하지 않아도 뭔지 알 수 있었다. 엄마는 이와 똑같은 상황을, 대신 자신이 부재하는 미래를 상상하고 있었다. 무슨 그런 상상을 하느냐며 뭐라 하지 않았다. 대신 이미 피곤이 한가득 내려앉은 어깨를 토닥였다. 혼자인 아들이지만 어떻게든 잘 살아갈 테니 걱정 덜라는 위로이기도 했다.

3장

바람

엄마는 촉망받는 무용과 학생이었다. 하지만 뱃속에 나를 품음과 동시에 마음에 품고 있던 꿈을 내려놓았다. 왜 그런 선택을 했는지는 아직 물어보지 못했다. 그 시대엔 그게 흔한 일이었겠지만 하고 싶은 건 하고 살아야 하는 내 성격이 엄마와 거의 다름없음을 생각하면 차마 물어볼 용기가 나지 않는다. 그게 얼마나 큰 결정이었는가는 나이를 먹고 세상을 알아갈수록 깊고 아리게 다가온다.

엄마는 아들이 자신과는 다른 삶을 살 수 있다고 믿는다. 현실에 안주하지 않고, 쉬운 길로 타협하지 않고, 늘 당당하고 굳건하게. 어쩌면 엄마는 꿈을 포기한 게 아니라 뱃속의 아이에게 옮겨 심었는지도 모르겠다.

하지만 안타깝게도 나는 자신이 없다. 엄마의 바람

이 무색하게 매일 일상이란 파도에 휩쓸려 고꾸라지기 일쑤다. 이리저리 치이며 어디로 향하는지 가늠조차 할 수 없는 하루하루를 반복한다. 나는 정말 자신이 없다.

보통날

눈을 떴다. 딱 15분만 일찍 일어났어도 여유롭게 하루를 시작했을 텐데. 그 15분의 밍기적 때문에 또 한번 쫓기는 하루를 시작한다. 뛰기 싫은 마음과 다급함이 섞여 걷는 것도 뛰는 것도 아닌 애매한 걸음으로 역에 닿는다. 겨울인데도 땀이 송골송골 맺히고 숨이 가쁘게 오르내린다. 겨우 호흡을 고르려는 차에 머리 위로 지하철 들어오는 소리가 들려온다.

하는 수 없이 다시 걸음에 바짝 힘을 준다. 아슬아슬하게 지하철 안으로 몸을 밀어넣는다. 안도감에 미소 짓지만 그렇게 들어온 지하철은 인파가 만들어낸 냄새와 열기로 빼곡하다. 0.5초 정도 행복하고 눈을 떠보니 또 다른 지옥인 셈이다.

출근이란 이름의 일상도 벌써 6년째 반복되고 있

다. 4년이란 시간 동안 나는 얼마나 성장했을까? 그래도 2,000일 가까운 시간인데 무언가 조금은 나아지고 발전하지 않았을까? 지난 시간과 노력이 허망한 물거품일까 두려워 출퇴근 지옥도 속에서 묻고 또 묻는다.

하지만 세상은 '응, 아니야'라고 매일같이 일러준다. 여전히 일이란 건 어렵고 예측할 수 없으며 내 바람의 반대 방향으로만 나아간다. 늘 반복되는 역사는 오늘도 조금의 오차 없이 그렇게 흘러갔다.

실마리가 보이지 않는 일들과 끙끙대다 짐을 챙겨 나왔다. 퇴근했다기엔 여전히 풀지 못한 질문들이 머릿속에 가득하다. 물건을 잔뜩 싣고 나갔지만 하나도 팔지 못한 채 다시 돌아오는 마음. 그런 마음들이 켜켜이 쌓이고 뭉쳐 마음속 재고로 자리한다.

혹시 내 삶이란 그 재고의 무게를 견디지 못하고 결국 수면 저 아래로 침전해버릴 운명은 아닐까.

집에 돌아왔다. 오늘도 파란 형광등이 싫어 노란 스탠드 불만 켜둔 채 몇 시간 남지 않은 하루를 보낸다. 대충 때워버린 저녁 식사, 하루를 정리하는 몇 개의 문장, 감정의 온도를 조절하는 글귀들이 그 시간을 빼곡히 채운다. 샤워를 하고 침대에 누워 페이스북을 여니 무려 7년 전 내 모습을 알려준다. 스위스에서 공부하던 시절. 참 말도 안 되게 가난하고 힘들었던 그 시절. 당시 인기 곡인 〈정류장〉을 들으며 집 앞에서 한참을 울곤 했다. 타지 생활의 설움에서 시작한 눈물은 나 자신을 향한 한심함으로, 그 한심함은 엄마를 향한 미안함으로 번지며 농도가 짙어졌다. 나 자신이 정말 아무것도 아닌 존재임을 확인할 때면 그렇게도 엄마에게 미안했다.

그로부터 7년이 지났지만 여전히 그 노래를 듣지 못한다. 전주만 들어도 자동 반사처럼 마음이 무너지는 탓이다. 이제는 괜찮겠지 싶으면서도 매번 주저하다 결국 포기한다. 오늘도 마찬가지다.
오늘 하루의 여정이 머릿속을 관통한다. 여전히 내 하루는 엉망이고 엉망인 내 삶을 볼 때마다 미안함이라는 감정의 파도가 마음 한편에 자리 잡은 엄마를 덮친다. 결국 오늘도 〈정류장〉을 듣지 못했다. 마음속의 엄마는 그런 사실을 아는지 모르는지 여전히 내게 희망과 기대의 눈빛을 보낸다. 정말이지 불쌍하고 미련한 사람.

샤워

샤워를 오래 한다. 아니, 오래 하는 샤워를 좋아한다. 온수 레버를 끝에서 살짝 모자란 지점까지 돌려놓은 뒤 몸을 집어넣는다. 나를 둘러싼 모든 우울과 무력감이 나른함으로 변해 몸을 타고 흘러내린다.

생각이 많은 사람은 샤워를 오래 한다. 수증기 가득한 욕실에서 갖가지 생각이 물을 따라 정수리에서 뺨을 타고 흐른다. 오늘의 고민, 후회, 생각나는 사람, 보고 싶은 얼굴, 기억으로 남은 순간. 대부분이 행복보단 미련과 아쉬움의 감정들이다.

아쉬움의 무게와 그날 밤의 샤워 시간은 비례한다. 오늘도 하루의 끝에 샤워를 했다. 아주 길고 오래.

이방인

오랜만에 또래 친구들과 만나면 기묘한 경험을 한다. 세상의 중심에서 내가 얼마나 떨어져 있는지를 확인한달까. 서울의 아파트 매매가, 요즘 뜨는 재테크, 경제 동향과 주식 투자, 결혼과 육아 이야기. 대화는 꼬리에 꼬리를 물고 끝없이 나아가지만 나는 그 속에서 길을 잃어버린 채 웅크리고만 있다. 지금 내게 중요한 건 지난주에 나온 정준일의 리메이크 앨범과 곧 개봉하는 〈보헤미안 랩소디〉 정도인데 대화 어디에도 그런 이야기가 비집고 들어갈 틈은 없다. 분명 같은 걸 보고 비슷하게 느끼며 함께 낄낄대던 녀석들인데 지금 그들과 나의 세계 사이에는 머나먼 간극이 존재한다.

오늘 같은 왁자지껄한 술자리를 다녀오면 집 가는 길이 유독 공허하다. 공감할 수도 공감받기도 어려운 존재가 되어가는 게 무섭다. 점점 세상의 이방인이 되어가는 듯한 기분을 지울 수 없다. 외롭고 두렵다.

상담

01.

Dr: 상민 씨 검사 결과를 보면 핵심인 가치가 '평정심'으로 나와요. 일종의 평화주의자 유형이라 볼 수 있죠. 특히 갈등 회피의 성향이 두드러지는데 이건 무책임이라기보단 본인이 구축해놓은 세계를 지키려는 본능이라 보시면 됩니다. 그래서 심리적인 안정, 마음의 평화 같은 가치를 무엇보다도 중요하게 생각하세요.

ㅅㅁㅅ: 맞아요. 항상 평정심을 가지려고 노력하죠. 사실 감정 기복이 조금 있어요. 조울증까진 아니어도 감정의 높낮이가 큰 편이에요. 어릴 때부터 그런 제가 싫었어요. 올라갈 수 있는 한계치보다 우울의 깊이가 훨씬 큰, 그런 종류의 감정 기복이란 걸 알고 있었거든요.

그래서 늘 경계해왔어요. 좋은 쪽으로든 나쁜 쪽으로든 어느 한 방향으로 감정이 쏠린다 싶으면 '이러면 안 돼' 하는 생각이 반사적으로 튀어나오죠. 꽤 오랜 시간 감정을 억누르거나 억지로 끌어올리는 일을 반복하곤 했어요. 지금은 꽤 능숙하게 해내고요. 언젠가부터 어떤 일에 대해 세상 모르게 기뻐하거나 슬퍼하지 않게 되더라고요. 아마 이런 게 선생님이 말씀하신 평정심이겠죠?

Dr: 네, 맞아요. 정확하다고는 할 수 없겠지만.

ㅅㅁㅅ: 그런데 선생님, 요즘 저는 실컷 웃거나 실컷 울고 싶어요.

02.

ㅅㅁㅅ: 저 같은 사람이 최악일 땐 어떤 모습인가요?

Dr: 상민 씨 같은 케이스는 평정심을 워낙 중요하게 생각하기 때문에 좋은 쪽으로든 나쁜 쪽으로든 극단의 모습을 보이는 경우가 드물어요. 그래서 특이한 케이스겠지만 상민 씨 유형이 최악의 상황으로 흐르면 냉소와 무관심으로 일관하곤 하죠. 자신이 현실과 동떨어져 있다고 생각해서 스스로를 세상과 격리해버려요. 자기 세계에 갇혀서 빠져나올 생각도 딱히 하지 않고, 눈앞에 닥친 문제들은 애써 피하기 바쁘고요. 우리가 흔히 말하는 염세주의자가 된다든가 무기력증에 빠진다든가. 그렇게 버티고 버티다 결국은 일상의 균열이 시작되죠. 우리는 그 일상이 무너지지 않도록 해야 하고요.

ㅅㅁㅅ: …….

03.

Dr: 상민 씨에게 가장 두드러지는 건 갈등과 혼란을 극도로 기피하는 경향, 자기 세계를 지키려는 강한 방어기제가 동시에 발현된다는 점이에요.

ㅅㅁㅅ: 일시적인 상태일까요, 아니면 제 본래 성향이라고 보면 될까요?

Dr. 후자에 가깝습니다.

ㅅㅁㅅ: 아… 네….

Dr: 살면서 조금씩 변하기도 하지만 사실 많은 부분은 타고나거나 유년기까지의 경험으로 이미 완성된 채 살아가요.

ㅅㅁㅅ: 유년기라 하시면….

Dr: 만 6세 전후, 길게는 10세 이전까지를 말합니다.

04.

집으로 향하는 버스 창가에 기대 기억의 태엽을 돌리고 또 돌렸다. 선생님이 말한 그 유년기 시절을 떠올려봤지만 남아 있는 기억이 손에 꼽혔다. 몇 개의 또렷한 순간이 서사 없는 낱장의 사진처럼 나열될 뿐이었다. 엄마에게 전화를 걸었다.

ㅅㅁㅅ: 엄마, 나 초등학교 들어갈 즈음에는 어떤 애였어?

마마: 갑자기 무슨 말이야?

ㅅㅁㅅ: 아니, 그냥 궁금해서.

마마: 얌전했지. 말썽도 크게 안 부리고. 밖에 나갈 때마다 의젓하다는 이야기 많이 들었잖아.

ㅅㅁㅅ: 의젓, 그래, 맞아. 그랬지.

마마: 엄마는 늘 그게 가슴이 아파.

ㅅㅁㅅ: 왜 또?

마마: 한창 어리광 부리고 떼쓸 나이에 너는 한 번도 그런 적이 없잖아. 그땐 기특하다 생각했는데 지금 돌이켜보면 마음이 좀 그래. 아들이 의젓함이랑은 거리가 먼 아이인 걸 뒤늦게 알았거든. 그때는 참 사는 게 녹록지 않았잖아, 우리?

ㅅㅁㅅ: 응, 그랬지. 쉽지 않았지.

마마: 아들 나름대로는 그때 엄마 아빠한테 피해 주기 싫었던 거야. 나까지 보태지 말자, 뭐 그런 거였더라고. 지금 생각해보면. 엄마는 아들이 너무 빨리 철들어버린 것 같아서 그게 늘 미안해.

ㅅㅁㅅ: 엄마 잘못도 아닌데 뭘.

마마: 그래도… 그때 우리 집 상황이 어쩔 수 없긴 했어도 엄마는 늘 미안해.

ㅅㅁㅅ: 됐어요. 그만 얘기하자. 나중에 다시 연락할게요.

생일

그날이다. 9월 중턱에 자리 잡은 그날이 죽지도 않고 또 왔다. 반복되는 월요일만큼 피하고 싶은 하루. 원하든 원치 않든 1년에 한 번은 반드시 오고야 마는 날. 호의와 의무, 애정과 책임의 경계가 허물어지고 잠시나마 느끼는 따뜻함에 안도하지만 머지않아 다시 불안에 떠는 9월 어느 날. 오늘은 9월 13일, 내 생일이다.

생일 하면 떠오르는 것들이 있다. 생일 케이크와 축하의 노래, 쏟아지는 박수, 사람들로 북적이는 파티와 무리 속에서 행복으로 반짝이는 주인공의 얼굴. 내가 생각하는 생일의 이미지도 그렇다. 한때 내가 마주했던 생일의 모습도 그랬다. 축하하는 이의 숫자가 내가 얼마나 잘 살고 있는지 가늠하는 기준이라 생각했다. 하지만 오늘 마주해야 할 하루는 그것과 한참은 떨어져 있다. 작년에는 홀로 베

클린에서, 올해는 추석을 빌미로 내려온 밀양에서 아무도 모르게 시간을 삼키고 흘려보냈다.

생일은 아무렇지 않았던 감정을 아무렇게 만든다. 일상이 된 어두운 감정과 혼자 지내는 시간들이 생일에는 불행으로 반전된다. 생일인데 왜 혼자서 이러고 있는 거야. 왜 이렇게 우울한 거지. 왜 하필 오늘도 이러는 거야. 생일만큼은 모든 게 행복해야 한단 착각이 그럴 리 없는 현실과 만나 나를 더 깊고 음울한 곳으로 끌어내린다. 1년 중 평범한 하루일 뿐이라 애써 의미를 줄여도 소용없다. 마음을 다잡아도 하루 종일 들떠 있는 스스로에게 쓴웃음을 짓는다.

생일을 기피하는 데는 그날의 분위기도 한몫한다. 언제부턴가 생일의 관심이 부담으로 다가온다. 축하 인사를 건네는 분들에게 고마우면서도 내가 그럴 만한 사람인지 의심한다. 나는 그들의 행복을 지금의 그들처럼 마음을 다해 축복했을까? 사실 자신이 없다. 그래서인지 누군가의 따뜻한 말과 애정 어린 한마디에 어쩔 줄 몰라 한다. 그 따뜻한 질감의 어루만짐이 낯설고 한없이 부끄러워 견딜 수 없다.

누군가는 이렇게 말한다. 요즘 카톡이나 페북에서 생일인 사람 그날그날 친절히 알려주던데. 그냥 지나가다 우연히 보고 축하 인사 한마디 툭 던진 거겠거니, 그렇게 생각하면 되잖아?

맞는 말이다. 무심히 걷다가 생일이란 이유로 빼꼼히 튀어나온 돌부리에 걸린 거겠거니. 선심 쓰는 셈치고 어쩌다 한번 시선을 보낸 거겠거니. 그렇게 생각하면 편하다. 하지만 이성적인 결심과 감정의 흐름은 늘 방향을 달리한다. 매번 초연해지겠다며 결심은 한다. 하지만 누군가 별 뜻 없이 보낸 작은 호의까지 조심조심 가져와 끌어안고 자는 내 모습에 다시 한번 한숨 짓는다. 사람을 향한 기대를 줄이고 스스로 외톨이라 자처할수록 오히려 사람이 남기는 잔상은 커진다. 누군가에겐 텅 빈 호의였을지언정 내게는 쉬이 흘려보내지 못하는 말과 문장이 되어 가슴 한편에 남는다.

다행히 이번 생일은 추석 연휴 속에 숨어 있다. 모두가 추석 연휴에 정신이 팔려 있을 때, 어느 누구도 눈치채지 못할 조용한 생일을 상상했다. 하지만 잠시 엄마라는 변수를 잊고 있었다. 여보세요, 한마디만 들어도 내 건강과 컨디션을 알아채는 유일한 사람. 엄마가 내 생일을, 그것도 집에 내려온 아들과 얼굴을 마주하며 축하할 기회를 놓칠 리 없다. 고요한 생일이란 목표와 어울리지 않는 쩌렁쩌렁한 생일 축하 노래가 가뜩이나 조용한 밀양 시골 마을의 밤을 채운다. 또 한번 민망하고 부끄러운 감정이 우후죽순 얼굴에 피어난다. 아마 그 부끄러움은 오늘 진정으로 축하받아야 할 대상이 내가 아님을 알기 때문일 것이다. 오늘은 4.5킬로그램 우량아를 고생하며 낳은 엄마가 축복받아야 하는 날인데, 평생을 그래왔듯 오늘도 그녀에게서 스포트라이트를 빼앗은 기분이다. 미안함은 엄마가 공들여 끓인 미역국을 두 그릇 먹는 걸로 조금이나마 덜어냈다.

작은 소란을 마치고 하루 끝에 몸을 뉘었다. 베를린의 호텔에서 시차 적응도 못 한 채 시계만 바라보던 작년 생일과는 많이 달랐던 오늘. 모두가 기다렸던 추석 연휴라는 불꽃놀이 속에 나는 작은 폭죽이 되어 있는 듯 없는 듯 잠깐 반짝였다 사라진다. 어느 누구도 내 생일이라는 미약한 불꽃은 보지도 구분하지도 못했을 터. 조용한 시골 마을에서 그렇게 내 생일이란 불씨가 시들어간다.

58, 59, 00. 9월 옆 13이란 숫자가 14로 모습을 바꿨다. 드디어 생일이 지났다. 침대에 가만히 누워 오늘 하루 잘 버텨준 스스로를 다독인다. 생일 축하해. 아니, 축하했어. 해피 버스데이 투 미.

시작되는 삶

"그래서 ㅅㅁㅅ은 요즘 행복해요?"

술자리 속 두서없이 오가는 대화를 비집고 문장 하나가 날아와 꽂혔다. 단박에 대답할 수 없어 잠시 대화를 멈춰세웠다. "음… 글쎄요." 많은 생각이 오르내렸다. 열심히는 살고 있는데, 그래서 이 삶의 종착역이 행복인지는 모르겠다.

"사실 잘 모르겠어요. 그런데 행복하지 않다는 건 확실해요."

'불행'이란 말을 쓰고 싶진 않았다. 행복하지 않은 게 곧 불행일 만큼 우리 삶이 이분법의 논리로 돌아가진 않으니까. 슬럼프 정도가 적당하려나. 뭐든 간에 행복과는 거리가 먼 징후들이 내 일상을 뒤덮고 있다. 눈 뜨는 순간부터 시작되는 무력감, 어느 하나에도 집중하지 못한 채 붕 떠 있는 상태와 그런 나를 바라볼 때의 한심함, 좋아하는 일이 나를 옥죄는 스트레스가 되었을 때의 허탈함까지.

결국 모든 건 삶의 주도권 문제다. 요즘 살아가는 게 아니라 살아지고 있다. 무언가를 시작하기보단 이미 시작되어버린 일을 쫓아가기에 바쁘다. 모든 일이 망망대해 속 돛단배 하나 몰고 가는 것과 비슷하단 생각을 한다. 방향키는 잡고 있지만 결국 이 배를 움직이는 건 바람이다. 나는 바람 부는 방향을 따라 배가 뒤집어지지만 않게 조종하며 나아간다. 누군가를 탓하려는 게 아니다. 내가 바람이 되지 못함에 한숨지을 뿐.

억울할 필요는 없다. 사실 그동안 수많은 일이 이미 시작된 채 눈앞으로 던져졌다. 대학 생활은 수

능 점수에 맞춰, 사회 생활은 나를 보는 면접관의 평가에 의해 시작됐다. 따지고 보면 인생의 시작도 내가 선택한 게 아니었다는, 그런 출생의 비밀을 안고 우리는 태어났다. 사람 사이의 감정도 내 의지와 무관하게 그냥 시작되고 이어지고 단절된다. 어느 누구도 사랑해야지 마음먹고 사랑하지 않고 상처 주려 마음먹고 상처 주지 않는다. 따뜻한 감정은 나도 모르게 전해지고, 무분별하게 날아간 문장은 누군가에게 생채기를 낸다.

시작되는 삶 속에 갇힌 걸 부정하지 않는다. 인생은 스스로 개척하는 거라는 말에 기대기엔 일상에서 마주하는 반박의 근거가 차고 넘친다. 그렇다고 자조를 띤 무력감과 연대하고 싶은 마음 역시 없다. 잘나 보이는 누군가를 깎아내리고 너도 결국 나와 다를 바 없음을 확인하는 것으로 스스로를 위로할 마음은 없다. 결국 내가 마주한 건 시작되는 삶의 틈을 비집고 사소한 무언가라도 시작해야 한다는 결론이었다.

시작하는 일의 동의어를 찾자면 '좋아하는 일' 혹은 '하고 싶은 일' 정도가 되겠다. 하지만 그 앞에는 '시간을 쪼개서' 혹은 '노는 대신' 같은 조건이 붙는다. 시작되는 삶에서 발버둥 치며 기어코 무언가를 시작해내는 모든 일이 위대한 이유다. 누군가는 하루에 한 편씩 4컷 만화를 그려 SNS에 올리고 다른 누군가는 자기 전 오늘 하루를 주제로 시를 쓴다. 사람들의 그런 모습 하나하나가 거대한 영감으로 다가온다. 그 영감과 자극이 지금 여러분이 읽고 있는 이 책의 시발점이자 마침표를 찍게 한 원동력일지도 모르겠다.

'너도 다를 바 없어'라는 비아냥 대신 다를 바 없었을 상황에서도 한 발을 나아간 모든 이에게 박수를 보내며 나 역시 발을 떼본다. 이 글이 누군가에게 작지만 큰 시작의 씨앗이 되길 바라며, 오늘 하루도 시작되는 삶의 터널을 지나온 누군가에게, 어쩌면 당신일지도 모를 그 사람에게 심심한 위로와 희망을 남긴다.

4장

불쑥

집에 꽃과 나무가 점점 많아진다. 꽃병에 꽂아놓은 아이들 덕에 계절의 변화가 방에도 찾아온다. 서툰 손으로 꽃을 매만질 때 문득 엄마를 떠올렸다. 배란다에서 애지중지 꽃과 화초에 물을 주는 그 뒷모습이 기억을 스친다.

엄마는 이렇게 일상 곳곳에 숨어 있다 갑자기 나타나곤 한다. 세상을 바라보는 눈과 사람을 향하는 온도, 끝까지 파고드는 집요함과 가끔씩 튀어나오는 우유부단함. 나를 이루는 조각의 출처를 따라가 보면 그 끝엔 늘 당신이 있다. 인정하고 싶진 않지만 결국 중력처럼 엄마를 닮아간다.

엄마는 늘 내게 무심하다 말한다. 이 정도면 살가운 아들 아닌가 싶다가도 따뜻한 말 한마디 제대로 못 하는 내 모습을 보면 딱히 억울할 일은 아니다.

하지만 엄마의 예상과 다르게 당신은 내 일상 속에서 피었다 지길 반복한다. 불쑥 튀어나온 엄마와 마주할 때마다 당신이 내 삶에 얼마나 깊게 뿌리내리고 있는지 확인한다.

손톱

집에 내려가면 엄마는 늘 손톱을 깎아준다. 나를 향해 품고 있는 막연한 미안함, 그 대책 없는 미안함을 풀기 위한 그녀 나름의 방식이다. '내가 알아서 할게요'를 입버릇처럼 달고 사는 아들이지만 이 때만큼은 군말 없이, 그리고 무심히 손을 내민다. 손톱을 깎는 데는 10분도 채 걸리지 않는다. 그 짧은 시간 동안 엄마는 시시콜콜한 이야기들을 허공에 툭툭 던져놓는다. "정말?" "오… 그래서?" 나의 설익은 리액션이 허공에 떠다니는 엄마의 문장들을 끌어안는다. 엄마와 아들이 손을 맞대고 서로의 체온을 느끼며 대화를 섞는다. 다 컸다고 착각하는 아들과 그런 아들을 아직도 어린아이로 착각하는 엄마의 몇 안 되는 소중한 시간이다.

손톱을 깎아주는 엄마를 유심히 바라본다. 눈 마주치는 것조차 어색한 모자 관계에서 이 사람만을 오롯이 관찰할 수 있는 거의 유일한 기회다. 정수리에 듬성듬성 솟아난 흰머리에서 감정의 오르내림을 반복한다. 동그랗고 반듯하게 잘라주던 손톱은 자꾸만 모양새가 흐트러지고 삐뚤빼뚤해진다. 그때마다 행여나 엄마가 나이 듦의 무력함에 빠질까 걱정이 된다. 그리고 그런 걱정은 어설프고 되지도 않는 칭찬으로 이어진다. "엄마 덕분에 손톱 이쁘게 잘랐네. 장가 가도 되겠다."

소중한 사람을 떠나보내야 하는 날은 분명히 온다. 믿고 싶진 않지만 부정할 수도 없다. 그 시간이 찾아왔을 때 나는 혼자 손톱을 자르며 어떤 생각을 할까? 마주해야 하는 상실의 크기를 차마 가늠할 수 없다. 모나게 잘린 손톱을 볼 때마다 흔들리는 감정을 글로 담는다. 엄마를 위해 쓰지만 막상 엄마에게 보여줄 순 없는 문장들이 그렇게 하나둘 쌓여간다.

곡선의 사랑

“자연에는 직선이 없다.” 구순을 바라보는 건축가 루이지 콜라니는 말했다. 자연과 마주할 때 편안함을 느끼는 건 그래서일까. 직선과 곡선 사이 우열은 존재하지 않지만 상대적으로 따뜻함을 머금은 건 곡선일 것이다. 일상에서 볼 수 있는 수많은 직선, 이를테면 고딕 양식의 교회와 찌를 듯 솟아오른 첨탑은 멋지지만 동시에 위압적이다. 반면 바르셀로나에서 본 카사밀라, 교토의 에이칸도, 동그랗게 휜 나무가 있던 구례 외갓집까지. 곡선의 공간들은 나를 품어주는 안식처였다. 하루는 교토 에이칸도에 걸터앉아 이런 생각을 했다. 자연의 산물 중 하나가 인간이라면, 인간의 감정도 자연이 빚어낸 결과물이라면, 사랑이란 감정은 본디 곡선이 아닐까?

어릴 땐 직선의 사랑을 해왔다. 굴곡 없이 곧게 나

아가는 사랑은 빠르고 강렬했다. 하지만 직선과 직선이 만나면 각을 만들었고 서로를 찔러대다 부러지고 결국 무너졌다. 반대로 곡선의 사랑을 받으며 자랐다. 엄마는 내게 늘 마음의 안식처였고 무너진 나를 언제 어디서든 품어주었다.

그 사랑은 우주의 공전과도 같았다. 엄마는 나를 중심에 둔 채 적절한 거리와 주기로 서성였다. 언제든 둘러보면 볼 수 있는 시야 속에 엄마가 자리했다. 지금 생각해보면 직선인 나에게 찔리고 상처가 났을 텐데, 그녀는 개의치 않고 나의 주변을 한결같이 공전했다.

지금은 진정한 사랑이 곡선임을 알고 있다. 뜨거움보단 뜨뜻미지근하게 오래가는 전기 장판 같은 사랑. 공전 대신 궤도를 이탈하여 빠르게 돌진한 사랑은 결국 열을 견디지 못해 불타거나 죽은 별이 되어 추락했다. 더 이상 별똥별이 되는 사랑은 하고 싶지 않다. 그 사람이 언제든 볼 수 있는 거리에서 늘 함께 있어주는 것. 그 편안함이 사랑이고, 그래서 사랑은 곡선이다.

TV

학교를 마치고 돌아오면 엄마는 늘 TV 앞에 앉아 있었다. 지금도 별반 다르지 않다. 가끔씩 서울에 올라올 때면 밖에 나가기보단 어질러진 집을 청소하고 맥심 커피 한 잔과 함께 TV를 본다. TV 보는 것도 엄연한 취미라 생각하기에 그런 모습이 싫진 않다. 나만 해도 하루 종일 넷플릭스 끼고 뒹굴거리기 바쁘니까. 다만 가끔씩 그런 생각을 한다. 엄마는 TV 보는 걸 좋아하는 걸까? 그래서 매번 저렇게 TV 앞에 앉아 있는 걸까?

가끔씩 외로움이 솟구치는 밤이 있다. 지독히도 바쁜 하루를 끝마친 밤은 더욱 그렇다. 일상 속 치열함의 크기와 모든 일을 끝낸 뒤의 공허함은 늘 비례해왔다. 도무지 주체할 수 없을 정도로 감정이 깊어지면 무의미하게 TV를 켠다. 정적만이 가득한 집에 약간의 생기라도 채우기 위해 리모컨 전원 버

튼을 누른다. 그러다 하루는 엄마를 떠올렸다. 혹시 엄마도 그랬던 건 아닐까?

엄마는 늘 집에 혼자 남겨졌다. 아버지와 내가 회사와 학교라는 각자의 일상을 위해 떠났을 때, 엄마의 일상은 여전히 집에 남아 있었다. 남편과 아들을 깨우고 아침을 준비하는 전업주부의 정신없는 아침. 그 뒤에는 분명 내가 마주한 것과 비슷한 크기의 적막함이 있었으리라. 그렇게 혼자 남겨진 고요한 집에서 엄마는 TV를 켰다.

엄마가 오랜만에 서울에 왔다. 같이 저녁이라도 먹으면 좋았겠지만 야근 탓에 밤 11시가 넘어서야 집에 도착했다. 엄마는 오늘도 TV를 보고 있었다.

ㅅㅁㅅ: 늦는다고 카톡했는데 먼저 자지 그랬어.

마마: 그래도 아들 보고 자야지잉.

ㅅㅁㅅ: 올라오느라 피곤할 텐데… 밥은 먹었어?

마마: 응, 아까 먹었지이.

ㅅㅁㅅ: 하루 종일 뭐 했어?

마마: 음, 아까 밥 먹고 집 좀 치우고 그냥 뭐 TV 보고 있었어.

피곤함은 대화를 더 나아가지 못하게 했다. 결국 내일 일찍 출근해야 한다는 핑계와 함께 이내 방으로 들어왔다. 엄마는 여전히 TV를 보고 있다. 한곳에 멈추지 못하고 계속 바뀌는 채널에서, 쉼 없이 딸각거리는 TV 리모컨 소리에서, 엄마의 어떤 감정들이 느껴진다. 엄마를 외롭게 하지 않으리란 다짐은 오늘도 실패한 모양이다. 스스로 좋은 아들이라 생각하지 않는 확신에 또 하나의 이유가 더해졌다.

마마 돈워리

일요일이면 엄마에게 전화를 건다. 안부 전화를 가장한 생존 신고에 가깝다. 채 5분도 안 되는 짧은 통화. 대화의 주제는 늘 비슷하다. 집이냐, 밥은 먹었냐, 아픈 데는 없냐, 회사 일은 괜찮냐. 군대에서 거는 콜렉트 콜도 아닌데 엄마는 매번 쫓기듯 질문을 쏟아낸다.

그런데 요즘 들어 엄마와의 통화가 점점 길어진다. 꼬리에 꼬리를 무는 엄마의 잔소리 덕이다. 창문 닫고 다녀라, 휴지랑 샴푸는 미리미리 채워넣어라, 공과금은 고지서 오면 바로바로 납부해라 등등. 이 잔소리 페스티벌은 결국 '아~ 제가 알아서 할게요'를 외쳐야만 끝이 난다. 예전 같았으면 귀찮아하고 짜증 냈겠지만 요즘은 아니다. 별일 없음을 확인하고 그제야 안도하는 엄마의 모습을 볼 때면 꽤 귀엽다는 생각마저 든다.

엄마는 나이를 드시며 걱정이 눈에 띄게 많아졌다. 무소식이 희소식이란 말을 달고 살던 사람이, 네 인생의 앞가림은 네가 알아서 하라며 때로는 가혹하게 선택의 기로로 몰아세우던 사람이 지금은 미세먼지 뉴스만 나오면 마스크 챙겼냐는 카톡부터 보낸다. 별것도 아닌 일에 매번 전전긍긍하는, 그걸 잘 숨기지도 못하는 엄마를 볼 때마다 엄마가 조금이라도 늦을 때면 집에서 끙끙대던 어린 내가 오버랩된다.

한 5년 전이었던가. 갑자기 엄마가 어린아이처럼 느껴진 순간이 있었다. 지금 생각하면 부모와 자식이 함께 늙어가다 생기는 교차점이 아닐까 싶다. 처음 그 순간과 마주했을 때는 적잖이 당황했다. 엄마는 늘 나보다 큰 존재였으니까. 인간이란 아이에서 어른으로, 다시 어른에서 아이로 흘러감을 머리로는 알고 있었는데도 세상 모든 일이 그렇듯 막상 내 앞에 닥치면 혼란스럽기 마련이다. 언제 어디서든 든든하게 나를 받쳐줄 것 같았던 존재가 내가 보듬고 세심히 살펴야 하는 대상으로 한 발씩 나아가는 중이다. 나뿐 아니라 세상 모두에게 적용되는 일이기에 부정하지도 거부하지도 않는다. 다만 마음이 조금 쓰린 건 어쩔 수 없다.

독감이 유행이라는 뉴스에 엄마는 또 카톡을 보내왔다. '밖이 엄청 춥단다. 옷 잘 여미고 다녀라. 솜이불 꺼내 덮고.' 나는 엄마가 더 걱정된다. 제발 밥 좀 거르지 말고, 나한테 하는 걱정 절반만 덜어서 당신 건강도 좀 신경 썼으면 좋겠는데.

걱정 말아요. 나는 잘 지내왔고 앞으로도 잘 지낼 겁니다. 걱정 말아요, 엄마.

2020년에 다시 만나요

12월 31일 11시 57분. 밖으로 나와 강 건너 우뚝 솟은 롯데타워와 마주했다. 연말에 큰 의미를 두지 않는다 했지만 눈은 자꾸 시계로 향한다. 설레는 감정마저 드는 걸 보니 나도 참 대수롭지 않은 사람이다. 얼마 지나지 않아 카운트다운이 시작되고 폭죽이 터져나온다. 한 해의 끝과 시작이 교차하는 순간. 그렇게 집 앞 공터에서 새해를 맞았다.

다사다난한 한 해였다. 몇 번의 중요한 결정을 했고, 그런 결정들이 모여 크고 작은 변화를 가져왔다. 그래서 조금은 특별하게 보내볼까도 했지만 결국 택한 건 또 한번의 차분하고 조용한 연말이다. 나이를 먹으며 생긴 변화랄까. 이제는 시끄럽고 화려한 연말보다 이런 식의 마무리에 더 마음이 간다. 익숙한 공간에서 담담하게 새로운 시작을 맞이하면 그걸로 충분하다.

새해가 왔지만 달라진 건 없다. 내가 알던 그 모습의 일상이 내일부터 또다시 반복될 예정이다. 피로로 가득한 출근길 지하철은 평소와 다를 바 없을 거고, 읽지 않음으로 가득한 회사 메일함은 '새해? 그래서 뭐 어쩌라고?' 라며 비아냥대겠지. 예전에는 새로운 목표를 세우고 행복회로 돌리는 재미라도 있었는데 요즘은 결국 똑같은 일상만이 반복됨을 확인한다.

그럼에도 불구하고 한 해의 시작과 끝에는 막연한 설렘이 있다. 사랑하지만 표현하지 못했던 누군가에게 새해 복 많이 받으란 인사치레를 곁들여 한마디 건넬 수 있는, 1년 중 몇 안 되는 그런 기회가 우리 손에 쥐어진다.

새로운 1월 1일이 시작됨과 동시에 연이어 휴대폰

진동이 울린다. 덕담이 쏟아지는 단톡방들 사이에 의외의 인물들이 중간중간 끼어 있다. 평소 연락은 못 했지만 멀리서나마 지켜봤다는 사람, 지금 와서 생각해보니 그땐 내가 미안했다며 묵은 사과를 전하는 과거의 연인, 고시 공부 한다며 잠수를 탔던 친구, 저마다의 사연에는 질끈 깨문 입술 자국이 녹아 있다.

턴제 RPG 게임처럼 이제는 내 차례다. 매일 연락하는 사람들에게 새로운 한 해의 안녕을 기원한다. 그다음으로 마냥 편하지만은 않은 얼굴들을 떠올리기 시작했다. 난이도 낮은 순부터 한 명씩 이야기를 건네며 미션을 해결해간다. 단계를 오르다 보니 몇 년째 마음을 전하지 못한 사람들이 중간 보스처럼 등장한다. 그중에는 30년 넘게 실패 중인 엄마도 있다.

결국 올해도 실패다. 올해 역시 원한 만큼 혹은 받은 만큼 표현하지 못했다. 그들을 향한 마음은 또렷하지만 메시지 속 문장들은 흐릿하기만 하다. 살가운 말 한마디 한다고 해서 대단한 일이 생기는 것도 아닌데. 나이를 먹을수록 겁은 많아지고 쓸데없는 걱정들이 발목을 붙잡는다. 조금이나마 더 나은 사람이 될 수 있는 기회는 그렇게 또 한번 다음으로 미뤄졌다. 나의 마음이 계속해서 그 사람을 향해 있는 한 언젠가는 할 수 있으리라 되뇌며 내년을 기약한다. 그 말 한마디에 올려놓은 무게를 조금씩 덜다 보면 2020년 1월 1일엔 말해볼 수도 있지 않을까?

그럼 내년 1월 1일에 다시 만나요. 건강하게, 지금보다 더 행복한 얼굴로. 그때 우리 다시 만나요.

버킷리스트

엄마에 대한 글을 써야겠다는 결심과 동시에 함께 하고 싶은 일들도 메모하기 시작했다. 메모장 커버에 '버킷리스트'라 적었지만 그런 제목이 민망할 만큼 너무도 일상적인 내용들이다. 한때는 하나였던 엄마와 나의 일상이 지금은 교집합 없이 떨어진 채 각자의 어느 방향으로 부유하고 있다. '버킷리스트'라는 단어를 끄집어 와야 할 만큼 두 일상은 너무 멀리 떨어져버렸다.

과연 이 메모장에 나는 얼마나 많은 체크를 할 수 있을까? 체크박스가 채워질 동안 엄마와 나의 일상은 얼마나 다시 가까워질 수 있을까? 한참이 지나도 도무지 채워지지 않는 빈칸들을 볼 때마다 또 한번 자책한다.

□ **엄마와 영화 보기**

엄마 피가 흐르는 아들이니 취향도 비슷하지 않을까? 인생 영화 목록을 적다가 엄마와 함께 보면 좋은 작품에는 특별히 동그라미를 하나 더 그려넣는다. 그래서 우리가 함께 봐야 할 영화들. 〈500일의 썸머〉 〈비포 선셋〉 〈그녀〉 〈이터널 선샤인〉 〈캐롤〉 〈콜 미 바이 유어 네임〉

□ **함께 교토 여행 가기**

좋은 건 웬만하면 바꾸지 않는 성향 역시 엄마에게 물려받았다. 이는 여행에도 적용된다. 어느덧 내게 여행의 이유는 새로운 곳을 발견하는 기쁨보단 늘 가던 곳에서 느끼는 안락함이 되었다. 가장 좋아하는 도시에 함께 가는 건 자연스런 바람이 됐다. 교토의 단골 라멘집에서 종종 엄마를 떠올렸다. 메모 한편에는 엄마도 분명 좋아할 맛일 거란 글귀가 적혀 있다.

더불어 교토는 여느 곳보다 계절의 변화가 뚜렷하다. 엄마는 계절이 바뀔 때마다 다가올 계절이 가져다줄 아름다움을 이야기하곤 했다. 봄에 피는 노란 꽃들, 여름 매미 소리, 가을에 사박사박 걷는 단풍길, 겨울의 적막함까지. 교토의 계절을 엄마와 나누고 싶다. 특히 11월 에이칸도의 단풍이라면 더할 나위 없겠지. 예쁘게 사진도 찍어주고 카카오스토리랑 밴드 프로필도 바꾸면 더 좋고.

□ 외할아버지 찾아뵙기

외할아버지가 돌아가셨을 때 나는 스위스에서 가장 힘든 시간을 보내고 있었다. 엄마는 내 걱정에 상을 다 치르고서야 그 소식을 알렸다. 그때 담담히 소식을 전해들었지만 전화를 끊고서 얼마나 울었는지 모른다. 엄마도 무척이나 많이 울었다는 이야기를 들었다. 하긴 외할아버지가 엄마를 좀 예뻐했어야지. 엄마도 나도 외할아버지한테는 마음의 빚이 너무 많다.

□ 같이 건강 검진 받기

잔소리의 주체는 늘 엄마지만 유일하게 내가 하는 잔소리가 있다. 건강 좀 챙기라는 것. 1년에 한 번 건강 검진만큼은 빠뜨리지 말라고 누차 얘기한다. 그런데 요즘은 나도 몸이 자꾸 고장 나서 이왕 받는 거 같이 받으면 어떨까 싶다. 같이 수면내시경 깨서 헛소리 주고받으면 그것도 꽤나 즐거운 추억이겠지.

□ 나를 통해서 무언가 시작하기

뭐든 좋다. 내가 엄마의 일상에 기여하는 거라면. 무엇이든 친절하고 자세하게 모실 준비가 되어 있다. 넷플릭스를 시작해보면 어떨까? 글쓰기는? 매일 1~2킬로미터씩 달려보는 건?

□ 음악 페스티벌 놀러 가기

너는 뭐가 그리 좋아서 만날 거기 가냐는 질문에 나는 조용히 웃음 지었다. 이 한량한량한 성격과 딴따라 기질이 어디서 왔겠나. 엄마도 인정할 수밖에 없다. 그리고 또 확신한다. 페스티벌 가면 엄마는 꽤나 잘 놀 거란 걸.

☑ 엄마를 위한 책 쓰기

엄마를 향한 문장이 어느덧 많이 쌓였다. '이러다 책 내도 되겠어?' 하다가 진짜 책이 나오게 생겼다. 급한 마음에 여기저기 널브러져 있던 글을 모아 '엄마'라고 적힌 폴더에 우겨넣는다. 문득 결과물로 받아들 책을 떠올려본다. 너저분히 쌓인 글이겠지만 애정을 담아 한 자 한 자 남겼기에 글과 글이 서로를 품으며 따뜻한 향을 풍겼으면 좋겠다. 막연한 바람이다.

좋아하는 무언가를 위해 쓴 글은 힘이 있다. 비록 완성도가 부족하고 표현이 어색해도 애정이 그득한 글에는 그것들을 상쇄할 만한 에너지가 있다. 엄마를 위한 이 책도 아마 그러지 싶다. 글은 여전히 부족하지만 군데군데 묻어 있는 애정이 그 미흡함을 조금이라도 채워주지 않을까? 그런데 미안하게도 완성된 책은 보여주지 못할 것 같다. 부끄럽기도 하고 미안하기도 하고. 물론 언젠가 보여주긴 하겠지만 그때가 언제일진 확신할 수 없다. 다만 그때가 너무 늦지 않기를 바란다.

고마워요, 엄마. 이 책은 당신을 위한 거예요.

부록

파파 돈워리

혼자 산 지도 어느덧 12년이 되어간다. 서울과 밀양의 거리를 핑계 삼아 명절이나 되어야 겨우 집에 가는 아들이지만 부모님 생신만큼은 챙기고 산다. 남들 다 하는 일인데 이걸 '챙긴다'고 표현하는 것도 참 우습지만. 아무튼 오늘은 아버지 생신이다. 아버지께는 생신 때마다 새 신발을 선물해드린다. 몇 년 전부터 이어온 이벤트다. 아버지는 경상도에서도 최고의 무뚝뚝함을 자랑하는 양반이지만 (엄마의 제보에 따르면) 내가 선물한 신발 상자를 열 때 어릴 적 내가 짓던 표정이 나온다고 한다. 그러고는 그 신발을 1년 내내 해질 때까지 신는다.

오늘도 취향 없는 무채색 뉴발란스 운동화를 골라 포장했다. 그리고 엄마한테 전화를 건다. 직접 아버지한테 하면 될 것을 일단 엄마랑 통화한 뒤 동태를 살피고 수화기를 전달받는다. 타지에서 축하

하는 아버지의 생신은 한 살씩 먹을수록 점점 더 이상한 분위기를 만든다. 애써 둘러둘러 표현하는 서로에 대한 미안함과 고마움이 수화기 너머로 부딪치고 뒤엉키다 결국 통화 말미엔 두서없는 애틋함을 남긴다. 엄마는 둘 다 나이 먹어서 무슨 짓들이냐고 하지만 조용히 팝콘을 꺼내 구경하며 즐기는 눈치다.

전화를 끊고 보니 하늘이 쓸데없이 예쁘다. 가족들과 이런 전화를 하고 나면 살아가기 참 힘들다 싶다가도 세상이 조금은 예쁘게 보인다.

닫는 글

「마마 돈워리」 그 후 1년

「마마 돈워리」가 세상에 나온 지 1년이 지났다. 두 번째 책이라 조금은 여유로울 줄 알았는데 이번에도 허둥지둥의 연속이다. 독립서점을 돌며 책을 입고하고 홀로 독립출판 북페어에도 나갔다. 국제 도서전과 잠실 롯데몰처럼 의미 있는 공간에 잠시나마 책을 비치하는 행운도 있었다. 아! 흑역사로 기억될 북토크도 있었구나(담에 하면 정말 잘할 수 있을 거 같은데… 에헴!).

가장 좋았던 건 책을 매개로 나눈 대화였다. 첫 책 「교토의 밤」은 처음이 갖는 의미 때문인지 축하 인사가 대부분이었다. 고마운 마음 반, 글에 대해 많은 이야기를 나누지 못한 아쉬움 반이었다. 「마마 돈워리」는 형식적인 축하에서 조금은 자유로운 책이었다. 책을 접한 분들과 DM으로, 카톡으로, 댓글로 많은 이야기를 나눴다. SNS에 올려준 서평들을 몰래 읽고는 홀로 생각에 잠기기도 했다. 정말 가끔은 면대면으로 독자분들과 우연히 만나기도 한다. 낯가림이 심해 긴 대화는 못 나누지만 오갔던 문장들은 또렷이 기억해두었다 침대에서 곱씹기를 반복했다. 그중 가장 많이 받은 질문은 이런 것들이다.

"어머님이 책 보고 뭐라셔요?"
"엄마가 읽고 많이 슬펐겠다."
"엄마는 아들 글을 뭐라고 하시나요?"
그때마다 내 대답은 늘 한결같다.
"엄마는 이 책이 나온 줄도 모르세요."

말 그대로 엄마는 이 책의 존재를 모른다. 엄마를 위해 썼지만 엄마가 보면 안 된다는 컨셉을 어쩌다 보니 충실히 지키고 있다. 「마마 돈워리」가 나오고 안팎으로 많은 일이 있었지만 정작 엄마와 나 사이는 아무런 진전도 변화도 없다. 나는 여전히 불효의 아이콘이고 엄마는 그러거나 말거나 내 걱정이 우선인 사람으로 머물러 있다.

엄마는 여전히 한 달에 한 번 아들 집에 머문다. 달라진 점이라면 내가 해야 할 일 하나가 추가됐다는 것? 엄마가 오기 전 「마마 돈워리」 재고가 든 박스를 테이프로 칭칭 감아 구석에 밀어넣는다. 「교토의 밤」이 얇고 길게 팔리는 덕분에 집에 둔 재고 박스가 한두 개씩 줄어들면 「마마 돈워리」 재고 박스가 그 빈틈을 매운다. 올 때마다 그대로인 박스 숫자에 엄마는 아들 책이 영 안 팔리는 줄 알고 있다. 그래, 어쩌면 그리 알고 있는 게 속 편할지도.

「마마 돈워리」가 나오고 얼마 지나지 않아 엄마는

큰 변화를 맞았다. 30년 넘게 이어온 시집살이를 끝낸 것. 어른들의 사정으로 엄마는 갑자기 자유로운 도비가 됐다. 누군가의 며느리, 누군가의 엄마, 누군가의 아내가 아닌 인간 '백OO'의 삶을 시작했다. 그 사실은 나를 꽤 흥분시켰다. 엄마를 만나면 이거 해봐라, 저거 해봐라, 엄마 여행 가고 싶어 하지 않았냐, 어디가 좋다더라…. 한껏 신이 나서 그런 말들을 쏟아냈다. 막연한 죄책감을 엄마의 새로운 삶을 응원하는 것으로 속죄하려는 얄팍함이다. 하지만 엄마의 삶은 조금도 변하지 않았다.

엄마는 서울에 오면 여전히 TV 앞에만 앉아 있다. 오늘 뭐 먹었냐는 질문은 늘 '대충 때웠어'란 허무한 답이 되어 돌아온다. 한 달에 한 번쯤 있는 아들과의 식사에서도 업데이트되는 소식은 없었다. 엄마의 목소리에는 여전히 서른 넘은 아들에 대한 걱정만 배어 있다. 새로운 무언가를 시작했을 때의 설렘이나 밟아보지 못한 세상을 경험할 때의 흥분 같은 건 찾을 수 없었다. 나는 그게 너무 답답하고 화가 나서 소리를 고래고래 지르며 답답함을 한껏 토해내…지 못하고 늘 그랬듯 조곤조곤 둘러둘러 어렵사리 첫마디를 꺼냈다. "나는 엄마가 지금부터라도 엄마 인생을 살았으면 좋겠어." 약간의 긴장 어린 침묵이 둘 사이를 흘렀다.

어렵게 시동 걸었으니 악셀 당겨야지. 나를 레퍼런스로 끌고 와 이야기를 이어갔다. 홀로 사는 데 도가 튼 내 일상을 나열하며 엄마도 할 수 있음을 힘주어 말한다. 엄마도 엄마 개인의 삶을 충분히 꾸릴 수 있고 세상은 생각보다 훨씬 크고 놀라움의 연속일 거라며 주저리주저리. 엄마가 한참을 듣다가 무거운 입을 뗀다. "엄마는… 혼자서 뭘 못 하겠더라고. 용기가 안 나." 오래도록 자리해온 생각 하나가 와르르 무너지는 순간이었다.

엄마의 입에서 '못 하겠다'라는 말이 나오다니. 나는 그 상황이 너무 낯설어서 잠시 다른 사람이 내 앞에 앉아 있나 의심했다. 무의식적으로 엄마라면 뭐든 다 할 수 있을 거라 생각했다. 엄마는 내가 아무리 노력해도 못 하는 일들, 가령 매듭을 안 풀리게 묶는다든가, 이른 새벽에도 스스럼없이 일어난다든가, 낯선 사람과도 태연하게 말을 섞고 차 한 잔 대접하는 그런 것들을 척척 해내는 사람이었다. '엄마니까'란 한마디로 다 해낼 수 있는 그런 사람, 평생 그녀는 내게 캡틴 엄마니까였다. 하지만 누군가의 엄마가 아닌 하나의 자아로서 자신을 돌봐야 할 때, 엄마는 못 하겠다며 손사래를 치고 있었다.

사실 그제야 조금은 깨달았다. 엄마가 홀로 30년 만에 마주했을 세상은 분명 너무 낯설었을 테고, 그녀는 그런 낯섬 앞에서 끝없이 위축되고 있었다. 어린 내게 엄마는 늘 넓은 세상을 보여주고 싶어 했다. 주말마다 어디론가 데려가 이것저것 해보게 했고, 내가 가고 싶어 하는 곳들은 기어코 데려갔고, 방학이면 그때그때 형편에 맞는 곳으로 여행을 다녔다. 지금은 반대가 된 셈이다. 이제 내가 엄마를 세상 밖으로 끌어줘야 할 차례다.

가장 마음 아픈 건 엄마가 취향이 없다는 사실이다. 아들 혹은 아버지의 취향에 묻어 가거나 대충 때워버린 삶이었다. 아들 손을 붙잡고 그리 많은 곳을 다녔는데도 정작 당신이 좋아하고 가고 싶은 어딘가는 가본 기억이 없다. 그런 사람 앞에서 혼자 뭐라도 해보라며 삶에 대해 떠들다니, 오만이자 폭력이었다.

성격상 어느 누구에게도 함부로 삶에 대해 조언하지 않는다. 스스로를 대단치 않은 존재라 여기기에 나 같은 사람의 조언은 무책임이자 실례라 생각해서다. 근데 왜 나는 나와 가장 가까운, 한때 한몸으로 이어졌던 사람에게는 그러지 못했는가. 왜 내 배려의 방향은 가장 가까운 사람으로는 향하지 못하는가. 엄마라는 아픈 손가락을 참아가며 「마마 돈워리」를 쓴 건 책의 마지막 문장을 적을 즈음이면 조금 더 나은 사람이 되어 있을 거란 믿음 때문이었다. 하지만 1년이 지난 지금, 나는 여전히 엉망이고 형편없는 아들로 남아 있다.

ㅅㅁㅅ

브랜드 마케터

매일 밤 끄적이는 사람

그리고 걱정할 만한 아들

@500daysinsummer

소 판

디자인이음

유 권

청춘문고 024

마마 돈워리

2020년 6월 5일 1판 1쇄 발행

지 은 이 ㅅㅁㅅ

공동기획 스토리지북앤필름 강영규

발 행 인 이상영

편 집 장 서상민

책임 편집 이상영

교정, 교열 노경수

디 자 인 서상민, 이미원

마 케 팅 손주우

펴 낸 곳 디자인이음

등 록 일 2009년 2월 4일:제300-2009-10호

주 소 서울시 종로구 자하문로 24길 24

전 화 02-723-2556

메 일 designeum11@gmail.com

blog.naver.com/designeum

instagram.com/design_eum

*잘못된 책은 바꾸어드립니다.